jitsuryoku-syugi ni
hirowareta kannteishi

実力主義に拾われた鑑定士

～奴隷扱いだった母国を捨てて、
敵国の英雄はじめました～

4

usuazimeron
薄味メロン

Illustration
桶乃かもく

リリ
羊の角と尻尾を持つ、心優しい少女。アルトに支援魔法の素質を見出される。
フィオラン
どこか残念な性格のお姉さん。実は弓術の才能を秘めている。
アルト
本作の主人公。敵国である帝国軍人に鑑定魔法の才能を認められて亡命し、将軍候補としての第二の人生を送る。
マルリア
ツンデレな訓練生。アルトにモノづくりの才能を見出され、奮闘中！

MAIN CHARACTER
主な登場人物
モチヅキ
謎多き
帝国軍少佐。
特殊な弓兵部隊を
率いる。
シュプル
帝国を治める
女王様。
民から絶対的な
支持を集める
人格者。
ルメル
ミルカの
お付きのメイド。
優秀で優しい。
ミルカ
帝国に亡命してきた、
王国の第三王子。
素敵が得意な男の娘。
サーラ
クールな
訓練生の少女。
成績は首席。

プロローグ　新たな歩み

「なぁ、聞いたか？　〈鬼殺《おにごろ》しの英雄《えいゆう》〉が、この訓練校にいるって話」

「聞いた、聞いた。〈蛇殺《へびごろ》しの英雄《えいゆう》〉と同一人物じゃないかって噂《うわさ》だよな？」

「うぉ、まじか！　アルト准尉《じゅんい》って〈鬼殺し〉の上に〈蛇殺し〉なのか!?　すげぇ！　ヤバすぎだろ！」

「まぁ、あくまでも噂だけどな」

そんな廊下での会話が、帝国軍少佐であり訓練校の教官でもあるルルベールの部屋の中にまで届く。

王国から帝国へと亡命した鑑定士アルトは、一ヶ月ほどで二度も帝国の危機を退けた。

片や邪竜《じゃりゅう》、片や異形《いぎょう》——蛇と鬼、である。

故に今は英雄アルトの話で持ちきりだ。しかし、それは本来あってはならないこと。

ルルベールは、ゆったりとソファーに腰掛け、大きな溜め息をこぼした。

そして、正面のソファーに座る女性——この国の女王であるシュプルに目を向ける。

「現状は廊下から聞こえる会話の通りじゃ。そこかしこが〈鬼殺し〉の噂で持ちきりじゃな」

「爺《じい》が危惧《きぐ》していた通りになった。そういうことか……」

そう言いながらルルベールと同じように肩を落としたシュプルは、頭痛を抑えるように目を覆《おお》う。

ルルベールは、苦虫を噛みつぶしたような表情で、虚空を睨み続けていた。

「当たってほしくはなかったんじゃがな」

ルルベールの言葉を受け、天井を仰ぎ見たあとで、シュプルは胸の下で腕《うで》を組み替える。

「本当に、ネズミはどこにでも現れるものだな」

アルトたちが、ドラムド王国軍が潜《ひそ》む屋敷に夜襲をかけ、異形を倒してから、今日で四日。

ルルベールが彼らに与えた休暇は七日間あるので、まだアルトたちは息抜きの最中である。

そんな中ルルベールは、女王との会談を秘密裏に取り付けていた。

英雄騒ぎ——その理由について話し合うために。

「順を追って報告を聞こう」

女王の言葉にルルベールは頷く。

彼の指がソファーのボタンに触れ、防音の魔道具が起動する。

周囲の音が消えたのを確認し、シュプルは口を開く。

「今回の任務に関するアルト准尉の功績は、全て隠蔽《いんぺい》する。爺がそう判断し、そのように動いた。

余の認識に相違はないな？」

「うむ。ルドルフの力も借りたが、九割がた儂《わし》が工作を行った」

ルルベールは、異形退治の作戦に参加した全員に箝口令《かんこうれい》を敷き、事件直後から隠蔽工作に奔走《ほんそう》していた。

そのため帝都に敵が侵入していたことを知る者は、直接関わった軍の精鋭《せいえい》部隊《ぶたい》と国の上層部のみ。

ましてや異形の存在を知る者となると、その数は片手の指で収まる。

だが、現実は『鬼』の話題で持ちきり。二人が頭を痛めるのも当然だといえる。

そもそも、これらを隠蔽しようとした理由は、大きく分けて二つ。

そのうち一つを、シュプルが口にする。

「蛇と鬼を立て続けに倒したと周囲に知れれば、面倒ごとは避けられんからな。それは、アルト准尉がもっとも嫌うこと……そうだな？」

シュプルの言葉に、ルルベールは頷く。

『幸せな日常を守るために行動する』というのがアルトの基本的なスタンスであることを、二人は理解している。

そして、二つ目の理由は――

「それに加え、この国のためにも、この国の平穏のためにも隠しておくべき。儂はそう判断した」

英雄が危機を退けたことは、敵の侵入を許したこととイコールである。

それが広く知れることで、民衆の不安を煽《あお》りたくない。そして何より、目の前にいる女王の立場を堅牢《けんろう》に保ちたいという、ルルベールの配慮《はいりょ》だった。

ルルベールの指が、もう一度ボタンに触れた。

これにより、外の音だけが中に聞こえる。

「なああ。英雄様の部下になるには、どうすりゃいいと思うよ？」

「んー、やっぱ、あれじゃね？　めっちゃ強くなるしかないんじゃね？」

「そうだよなぁ。英雄の部下は、全員が全員すげぇ強いって話だもんなぁ」

「あとは、可愛い女の子が有利！　って噂もあるけどな」

「そっちはたまたまだろ？　最短で准尉になった実力者様だぜ？」

「そうだよな。やっぱ、力だよな」

ルルベールは再度ボタンを押し、向こう側の声が聞こえないようにした。

女王は大きく息を吸い込んだ。

そして、『極秘』と書かれた百枚を超える資料をパラパラとめくる。

これはルルベールが書き、同じく少佐であるルドルフが修正を加えた、軍部の中でも極一部にしか渡されることのない、緊急の報告書である。その最後は、次のように締められていた。

『帝都内部に潜入した王国貴族の存在を確認。精鋭部隊が突入し、七十一名を捕縛。一名の亡骸《なきがら》を回収した』

それを見て、シュプルは呟《つぶや》く。

「……確かに、妥当《だとう》な落としどころだな」

報告書において、嘘《うそ》は書かれていない。ただ、あえて不審な点は残している。

捕縛された七十一名は、異形の攻撃に巻き込まれて命を落としている。万一この報告書の情報が王国に漏《も》れた場合、王国側は捕虜《ほりょ》として自国民が捕らえられていると解釈することだろう。そうなれば、そのいもしない捕虜に関する情報を集める方を優先して、本当に隠したいアルトの功績と異形の存在を秘匿《ひとく》できる――そういう算段だった。

「ネズミは、爺の予想を超える傑物《けつぶつ》か……」

ルルベールはそれには答えず、別の情報を口にする。

「王宮でも鬼退治の噂話を耳にしたが、『ルルベールか精鋭部隊が退治したのだろう』くらいの内容じゃった。訓練校で出回っている話の方が、より真に近しい」

噂話とは、伝言ゲームのようなもの。

発信源から遠くなるほど、流した者の意図せぬ形に変わっていく。

ルルベールは推論を口にする。

「ネズミは、訓練校の中に潜んでいる、と考えてもよいのかもしれぬな。じゃが……敵の目的が読めんわい」

「爺をもってしても、お手上げか」

アルトを英雄に押し上げるような噂を流して、誰が得するのか――ルルベールは幾度となくその問いについて考えたが、ついぞ答えは出なかった。

「余が近付くと注目を集める故自重《じちょう》していたが、蛇の化物を討伐した際に動くべきであった」

シュプルは大きな溜め息をつき、資料をテーブルの上に投げる。当然こちらも内容は極秘だ。

そして、左手の中指にはまっていた指輪を外し、人差し指と親指で摘《つ》まんでルルベールの前に差し出した。

「時間を見つけてアルト准尉に会おう。爺、案内を頼めるか？」

ルルベールは指輪を受け取り、大きく頷く。

「うむ。儂も、それが良いと思うておったところじゃ」

こうして会談は終わり、遮音の魔道具は解除された。

ドアの向こうからは、未だ英雄を持《も》て囃《はや》す声が聞こえる。

1　豪華《ごうか》な扉

「ルルベール教官。一つお願いがあるのですが」

俺がそう切り出すと、ルルベール教官は心底不思議《ふしぎ》そうに首を傾《かし》げる。

「む？　なんじゃアルト、あらたまって」

「帰ってもいいですか？」

「何を言っておる！　ダメに決まっておろう」

異形を倒してから、五日目の朝。

俺は人生初の七連休を楽しんでいたはずだったのだが、突如としてルルベール教官に「おぬしに会わせたい人がいるから来い。儂の散歩に付き合え」なんて口実で拉致《らち》され……気付けば王城内の豪華すぎる扉の前に立たされていた。

「この扉、どう考えても俺なんかが開けていい扉ではないですよね？」

扉は、圧倒されるほどに大きい。大人二十人が優《ゆう》に通れる幅《はば》があり、どのくらいの高さがあるか上を見上げると、首が痛くなるほどだ。

表面は美しい木目を活かした朱色の塗装《とそう》がなされ、そこかしこに純金の装飾《そうしょく》が施《ほどこ》されている。

中央には巨大な家紋《かもん》が輝《かがや》いているのだが、その家紋——帝国だと家紋じゃなくて、所有者の実力を示す紋章《もんしょう》か——が一番の問題だった。

「チューリップを模《も》した紋章って、帝国の象徴《しょうちょう》ですよね？　ってことはこの中には相当なお偉《えら》いさんがいるってことじゃないですか？」

「うむ。その通りじゃ」

その通りらしい。

動揺しながらも、手元の指輪《ゆびわ》を指差す。

道中、『この先必要になるから貸しておこう』とルルベール教官に渡されたのだ。

指輪にはめ込まれた石には、幾重《いくえ》にも連なる山を連想させる、青と白の模様《もよう》が刻まれている。

「も、紋章といえば、ここにも別の紋章が刻まれているのですが、これにはどういった意味があるのですか？」

「これは王家の紋章じゃ。知らんのか？」

「……いえ、念のために確認しただけです」

ええ、ええ！　訓練校の授業で学びましたよ！　本物を見ることになるなんて、思わなかったですけどね！

似ている別の紋章であってくれと願う俺の思いは、こうして一蹴《いっしゅう》された。

しかもこの指輪、特殊な魔法が施されている気がするんですが？

鑑定したくないと思うものに出合う日が来るなんて、夢にも思わなかった。

ひとまずこいつは置いておくとして、まずは、目の前の扉だよな。

「帝国の象徴が刻まれた扉に、王家の印が刻まれた指輪の組み合わせ。中々大仰《おおぎょう》ですけど、まさかこの先は、この国のトップである女王様の部屋、なんてことはないですよね？」

「む？　この先は女王の部屋じゃが？」

「……はは」

笑うしかない。

俺の勘違いだろう。勘違いであってほしい。そう願っていたが、やはりそうなるのか。

「ってことは部屋の中にいるのは――」

「女王じゃな」

食い気味の返答だ。

……ですよね。女王様のお部屋で会う人なんて、女王様しかいませんよね。

俺の希望は、全て砕かれた。抵抗をする意思すら残ってない。

愕然《がくぜん》とする俺を後目《しりめ》に、ルルベール教官は平然と言う。

「なんじゃ、開けぬのか？　あやつは、お転婆《てんば》な娘じゃからな。あまり待たせぬ方が良いぞ？」

「へ？　あっ、はい。そうですよね。女王様をお待たせするのは、色々と問題ですよね！」

っていうか、教官、女王様のことを『お転婆な娘』って仰いました？

さすがに俺の聞き間違い、空耳、幻聴ですよね？

いや、今はそんなことよりも大事なことがある。

「それより教官、俺を呼びに来た時に『どんな服装でも良い。今すぐ出立《しゅったつ》じゃ！』って言いましたよね？」

「うむ。そう言ったのぉ。それがなんじゃ？」

「俺の服！　ドレスコードを無視しているとか、そんなレベルじゃないですよ！」

俺は部屋でダラダラしていた時に拉致されたので、服装だって普通に部屋着――丸首のシャツとだるだるのズボンだ。

「軍の訓練服ですらないですよ⁉　普段着中の普段着ですよ⁉　そんなんで女王様に会えって言うんですか⁉」

幸いなのは、パジャマではないということ。焼け石に水感が半端ない。

いやだって、散歩気分で女王様に会いに行くなんて、思うわけないでしょ！

「なんじゃ、そんなことか」

俺の姿を流し見た教官が、肩を揺らした。

そして胸の前で腕を組み、仁王立《におうだ》ちになる。

「問題はなかろうて。儂は軍服を着ておるからの。恥《はじ》をかくのは、おぬしだけじゃ」

「――なっ⁉」

え？　何？　ちょっと待って？　この人、本気で言ってんの⁉

相手はこの国のトップ！　権力の中枢《ちゅうすう》！　ナンバーワンなんだぞ⁉　この人、バカなの⁉

「くははは！　冗談じゃ。あのじゃじゃ馬は、ドレスコードなど気にせぬ。ほれ、約束の時間になるぞ？　あとは、おぬしがドアを開ければ良いだけじゃ」

そんな教官の言葉を無視して、俺は考える。

もう手遅れなのは分かった。だが、どうにか、何か足掻《あが》けないだろうかと。

そして俺は、ひと筋の光を見た。

「教官！　女王様にお会いする時の礼儀作法《れいぎさほう》を教えてください！　今すぐに！」

付《つ》け焼《や》き刃《ば》でも、なんでもいい！　何かしらの武器が欲しい！

しかし、それすら教官はぶった斬《ぎ》る。

「不要じゃ」

俺は食い下がることしかできない。

「分かりました！　それならやり取りするための台本……ありませんか？」

「うむ。ないわい」

女王様とは、准尉に昇進した時の昇進式で一度だけ顔を合わせているが、あの時は台本があった。

それを思い出しての問いだったが、それすらないとなると、いよいよヤバい。

絶望する俺に、ルルベール教官は笑いかける。

「全て不要じゃな。やんちゃな娘ではあるが、些事《さじ》を気にするほど繊細《せんさい》じゃないしのぉ」

「……」

「ん？　なんじゃ？　その目は？」

教官の言葉を心の底から疑っている目ですが？

『散歩に付き合ってくれぬか？』なんて言葉で連れ出しておいて、国のトップに会わせる。そんな人の言葉をどうやって信じろと？

しかし、ジト目を向け続けたところで、ルルベール教官はあっけらかんと口を開く。

「まぁ、あれじゃ。不安であれば、ただ頭を下げておけばよいわい。堪《こら》え性《しょう》のない娘じゃからな。

向こうが、あれこれ話を進めるじゃろうて」

「……分かりました」

教官の言葉を信用したわけじゃないが、このまま押し問答を繰り返しても、時間を無駄に消費するだけか。

そんな投げやりな決意を固める俺に、ルルベール教官は言う。

「その指輪が鍵《かぎ》の役割を果たす。それをはめたまま扉に触れれば、開くようになっておるわい」

「……ええ。ノックは？」

「不要じゃ。部屋の主《ぬし》が許可した時にだけ開くよう細工してあるからの」

「なるほど。それじゃあ開けますね」

そう言いながら、背筋を伸ばす。

扉に指先を触れると、微《かす》かな音と共にそれが開き始める。その瞬間に、俺はガバリと頭を下げた。

いいよな？　これで正解なんだよな⁉

少しして、遠くから女王様の声がした。

「こちらが呼び出しておいてなんだが、これでも忙しい身でな。少しばかり、余のことを待たせすぎではないか？」

「――――⁉」

思わず息を呑む。

明らかに声が怒気《どき》混《ま》じりなんだが!?

予定時刻に遅れた!?　そんな話、なんにも聞いてないんだけど!?

さっき『約束の時間になるぞ？』って言っていたのはなんだったんだよ！

なんて叫びたくなるが、女王様の御前《ごぜん》だ。迂闊《うかつ》な発言は死に繋《つな》がる。

どうする？　このまま頭を下げ続けるか？　何か他に選択肢は？

ヤバい！　何も思い浮かばない!!

「そなたが、アルト准尉で間違いはないな？」

「はっ、はい!!」

未だ怒気を孕《はら》んだ女王様の声に、俺は反射的に大きな声で返事してしまう。

どうしよう。先手を打たれてしまった。

「そちと会うのは二度目だとは思うが、特別に自己紹介をしよう」

女王様が言葉を区切り、静寂《せいじゃく》が場を支配する。厳《おごそ》かな雰囲気に押し潰されそうだ。

心臓が痛い。俺、このまま死ぬのかな……？

いや、諦《あきら》めるな！　どこかに、生き残れる選択肢があるはず！

「お転婆で、じゃじゃ馬で、やんちゃな、この国の女王である」

「…………アルト・スネリアナです」

「ふむ、そうか」

いや、ちょっと待て！　廊下での会話が、丸聞こえだったってことか!?

なおも女王様は続ける。

「台本の用意がなくてすまぬな」

「い、いえ……」

「余は寛大《かんだい》だからな。そちには、死に方を選ぶ権利をやろう。最後に言い残す言葉はあるか？」

「――」

いや、違うんです！　悪口を言ったのは、ルルベール教官なんです！　全て教官が悪いんです!!

そう言いたいが、それが言い訳だと捉えられたら、状況はさらに悪化するだろう。

とはいえ帝国の中枢であるこの場から走って逃げ切れる気もしない。逃亡先のあてもない。

どうにかして死刑を免《まぬが》れる手段はないのか！　考えろ……！

「……」

ダメだ。色々な可能性を検討したが、打つ手がない……

リリ、マルリア、フィオラン、マイロくん。ごめんな。俺はもう、ダメみたいだ。

「部下たちに『楽しい毎日をありがとう』とだけお伝えください。処刑は、できるだけ苦しくないものでお願いいたします」

頭を下げたまま言葉を絞《しぼ》り出した。だけど、本音を言えばまだ死にたくない。

なんとかしてください、教官！　切実に！

そう思っていると、くつくつと笑う女王様の声が聞こえた。

「いやはや、こんな話を本気にするとは思わなかったぞ」

「え……？」

俺は驚きのあまり、頭を上げる。

動きやすそうな赤いドレスを着た女王様が、扇子《せんす》で口元を隠して、優雅《ゆうが》に微笑《ほほえ》んでいる。

女王様が笑っている……？　俺、助かるのか……？

「そちは余を愚弄《ぐろう》したのだぞ？　楽な死に方など、選べるわけがなかろう」

あ、そういうことか。もうダメだ。

道端《みちばた》に転がる石ころを見るような、そんな感情のない目が、俺を見ている。目の奥が笑ってない。

「……申し訳、ございません」

最早、それ以外に言葉が出ない。

そんな俺に、無慈悲《むじひ》な言葉がかけられる。

「そちが選べるのは、四肢《しし》を順番に切り落とす『四肢落とし』か、体を縦《たて》に割る『ノコギリ引き』だが……どちらが好みかな？」

女王様はそう口にしながら、ふわりと微笑んだ。

四肢落としと、ノコギリ……

「ちなみにだが、ノコギリ引きは、上から斬るか、下から斬るか選ばせてやろう」

「……」

全身から冷や汗が吹き出し、視野が狭《せば》まっていく。

息が苦しい。心臓が痛い。だけど、そんなことも言っていられない。女王様の問いかけに答えなければ……

俺はどうにか言葉を絞り出す。

「あの……えっと……」

「四肢落としで、お願いします……」

「ふむ。腕や足を斬り落とされる方が好みか。良い趣味《しゅみ》だ」

「む？　ノコギリでギコギコされる方が好みか？」

「……いえ、……そのようなことは、ない、です。はい……」

ギコギコは無理だ。響《ひび》きがすでに無理だ。

だが、手足を斬られるのも……

そんな女王様の言葉に顔を青くする俺の後ろから、ルルベール教官の声がする。

「ほれ、そのくらいにしておかぬか。昔のおぬしのように、アルトがお漏《も》らししたらどうする」

「にゃっ!?」

女王様の口から可愛らしい声が漏れた。

そして目が大きく開き、頬が赤く染まっていく。

「おっ、おい、爺!!」

「最近は儂を見ても泣かなくなったのぉ。クマのようで怖いのではなかったのか？」

「いっ、いったい、いつの話をしておる！」

「なんじゃ？　夜のお手洗いにはお化けが出るなんて言っておったが、最近は一人で行けるようになったのかの？」

「もっ、もう良い！　分かった！　余が悪かった！　ちゃんとやるから、爺は黙ってて！」

女王様はそう息を荒くしながら言うと、教官を睨《にら》む。

頬を膨《ふく》らませている彼女は、幼い少女みたいだな、なんて思ってしまう。

女王様は、「はぁー……」と大きな溜め息をついてから、俺の方に視線を向けた。

「すまぬな。おぬしの反応が可愛らしく思えた故、からかってしまった。許されよ」

「……いっ、いえ……えーっと？」

豪華な椅子から腰を浮かせてこちらまで歩いてきた女王が、俺の頭を撫《な》でている。これは、どういう状況だ？

女王様は、楽しげに口を開く。

「やはり面白い反応をするな。もう少しだけその反応を見ていたく――」

「ほれ、やめぬか」

「わっ、分かっておる」

女王様は名残《なごり》惜しそうに俺の頭から手を離す。

「では、立ち上がって、そのまま後ろを向け」

俺は指示されるまま動く。

すると、後ろから女王様に押された。

俺は一歩、二歩、とたたらを踏んでから、顔だけ女王様の方を振り返ると彼女が言う。

「もう一度。初めから頼む」

「え……？」

呆然とするしかない俺の背後で、豪華な扉が閉じていく。

『もう一度、初めから』ってどういうことだ？

「これって、言葉通り開けるのが正解なんですか？」

「うむ。察しはついていると思うが、処刑うんぬんは、あやつの冗談じゃ」

「……そうなんですか？」

「うむ。幼い頃から人を困らせて、構ってもらうのが好きな娘でのぉ。ここしばらくは、鳴りを潜めておったが。我慢《がまん》できんかったようじゃな」

いやいや、権力者が処刑をちらつかせるって、困らせるとかそんなレベルじゃないですよね!?

綺麗《きれい》で自由な素晴らしい国だと思っていたけど、この国、本当に大丈夫か？

いやまぁ、王国よりマシなのは間違いないけど……

「あれだけ過激なことを言うのも珍しいがな。おぬしは、ずいぶんと好かれたようじゃ」

「……それはまた、光栄なことですね」

嫌われるよりはいいと思うが、素直に喜べない。

まぁ、どちらにしても、重要なのは——

「処刑の話は冗談なんですよね？」

「うむ。あやつに人を傷付けて楽しむ趣味はないわい。心根の優しい娘じゃからな」

「そうですか」

心根の優しい人が、他人を困らせて楽しむなんてどんな理屈なんだ。

なんて思ってしまうが、処刑されないのであればなんでもいいです。はい。

「あまり待たせると、また話が進まなくなる。そろそろ入った方が良かろう」

「分かりました」

処刑は冗談。処刑は冗談、処刑は冗談……

そう自分に言い聞かせながら、俺は豪華な扉に触れる。

少しして、先ほど座っていた椅子の手前にあるソファーに体を預ける女王様の姿が見えた。

先ほどはちゃんと室内を見る余裕がなかったから分からなかったが、女王様の手元には分厚い紙の束があるのが見て取れる。

俺は深く頭を下げてから、部屋の中に足を踏み入れる。

俺に続くようにして教官が部屋に入ると、扉がひとりでに閉じた。

俺は両膝、次いで両手、額という順でカーペットにつけ、最大限の敬意を表す。

「アルト・スネリアナと申します」

やっぱり、帝国はすごいな。カーペットがふわっふわだ。

そう場違いにも感動していると、俺の肩に手が触れた。小さくて細い指。女王様のものだ。

「アルト准尉。余の正面にあるソファーに座ってくれぬか？」

俺が女王様の前に座る？　そうさせる意図が読めないんだが？

「よろしいのですか？」

「無論だ。そのためのソファーだからな」

そうなのか？　いやまぁ、座れと言うなら座りますが……

座った瞬間に『無礼者！』とか言って、殺されないよな？　そういう罠《わな》じゃないよな？

「失礼いたします」

ソファーの横に立って、俺はもう一度頭を下げた。

女王様の様子を窺《うかが》いながら、ソファーに腰掛ける。

ソファーも当然のごとく豪華だし、ふわっふわだ。

俺が腰を落ち着けるのを待って、女王様は先ほどとは打って変わって優しい笑みを浮かべる。

先ほどの『最初から』の意味が、仕切り直そうという意味だと、遅まきながら気付いた。

「いきなり呼び出してすまぬな。改めて話をしたかったのだ。そちの過去については、報告書を読ませてもらった。その痛みまで知っているなどとは、口が裂《さ》けても言えぬ。だが、地獄《じごく》のような日々だったろうことは想像に難《かた》くない。上役の機嫌《きげん》を損ねれば、処刑される。そのような環境で育ったのだな？」

「……その通りです」

確かに王国では毎日ノルマが増えて、意識が朦朧《もうろう》とする日々を送っていた。誰からどんな報告を受けたのかは知らないが、『地獄のような日々』という認識と、大きな齟齬《そご》はないだろう。

もしかすると先ほどのからかいには、それを確かめる意味もあったのだろうか。

そう考えていた俺の頭を再び撫でながら、女王様は言う。

「長年の蓄積によって、権力者への怯《おび》えがその体に染みついてしまったのであろう。それは理解している。だが、ほんの少しだけでよい。余のことを信用してはもらえぬか？」

優しい声だった。

女王様の微笑みが、リリやフィオランたちがいつも俺に向けてくれる笑みと被って見える。

いつの間にか隣《となり》の椅子に座っていた教官が、机の上にあった豆菓子を指先で摘まみ、口の中に放り込んでから言う。

「おぬしは、この国をどう見ておる？　服装やお辞儀の仕方一つで殺されるような、そんな国に見えたかの？」

「……いえ」

ここは実力主義で、街に浮浪児のいない幸せな国。

実力があれば、生まれにかかわらず成り上がれる、平等な国。

「貧富の差はあっても、理不尽はない。そう認識しています」

女王はドレスコードも礼儀作法も気にしないと、教官は確かに言っていた。

「本題は別にあるが、おぬしの認識を改めておくべきだと思うての」

国のトップが、俺なんかのためにここまでしてくれるなんて、にわかに信じられない。

そんな思いは少なからずあるが、状況はなんとなく理解した。

「地獄で植え付けられた常識を早めに捨ててほしい。そういう話ですね？」

「うむ。おぬしはすでに帝国の人間じゃからな」

相手が女王であるというだけで視野を狭めていたのは確かだ。

女王様の人柄を見ようとしていなかった。

そう反省していると、女王様は名乗る。

「改めて自己紹介をしよう。シュプル・リア・テスタロッテだ」

「アルト・スネリアナです」

差し出された手を握《にぎ》り返して、静かに微笑む。

相手は女王様だが、普通の女性だと自分に言い聞かせながら。

こうして挨拶《あいさつ》が終わったところで、女王様は表情を引き締めた。

「さて、本題に入ろう。爺に頼んで、そちを連れてきてもらった理由は、大きく分けて三つだ。最初に、感謝を伝えたい。帝都に潜入していた敵の発見、ならびに異形の排除。そちには大いに助けられた。国の代表として礼を言う」

女王様は言い終えるや否や、姿勢を正してゆっくりと頭を下げた。

そして頭を上げると、手元にあった紙の束を渡してくる。

・レッドドラゴンの角《つの》
・剣華山《けんかやま》の宝水《たからみず》
・たぬきもんの原画
・透《す》かし深彫《ふかぼ》りの衝立《ついたて》
・強風の盆《ぼん》

その下にも長々と立派な品の名前が記されていた。

確認していくと、強力な魔物の素材に、有名な漫画《まんが》の原画、高級な家具、魔道具などなど……値の張る品ばかりが並んでいるのが分かる。

俺は思わず聞く。

「こちらは？」

「余が所有しているものを一覧にしたものだ。用件の二つ目はこれだ。褒美《ほうび》をここから選んでほしい」

そんな言葉を聞いて、改めて資料を確認する。

一枚目は品名のリストになっていて、二枚目以降にはそれぞれの詳しい使い方や写真、流通量、参考価格などの様々な情報が記載されているようだ。

「本来であれば、そちを少尉や中尉に昇進させるべきなのだが、状況がそれを許さなくてな」

そう口にした女王様はほんの少しだけ視線を鋭《するど》くして、別の紙束を渡してくる。

つい先ほど渡されたリストの何倍も分厚い紙の束が、クリップで留められている。

その表紙には、真っ赤な字で『極秘』『部外秘』との記載が。

俺は生唾《なまつば》を呑み込む。

「私のような者が拝見してもよろしいのですか？」

「無論だ。それにしても、まだ堅苦しいな。帝国民はもう少し砕けた話し方をするぞ？　余に対しても、爺と接する時のように話してくれぬか？」

帝国民らしく、か。

俺はもう、この国の住民だからな。

「分かりました。『極秘』となってますが、俺が見てもいい、ってことですよね？」

俺が意を決して口調を少し柔らかくすると、女王様は満足げに微笑んだ。

「あぁ、許可しよう」

俺はどこか楽しげにも見える女王様を横目に見ながら、紙の束をパラパラとめくっていく。

『警邏隊《けいらたい》が敵国の貴族を発見。精鋭部隊が突入し、ルルベール教官を中心に撃破《げきは》』

これは、この間王国軍の潜む屋敷に潜入した時の報告書のようだ。

教官から予《あらかじ》め、俺がこの作戦に関与したことは隠蔽しておいたと聞いていたが、その言葉通り俺の名前はどこにも載っていない。

だが――

「ここ数日で、そちに関する噂が広まっているのは知っておるな？」

俺は頷く。

夜襲作戦の次の日は、俺もリリたちもくたくただったから一日じっくり休んでいた。

そして連休二日目、鑑定と短剣の強化をするためにリリたちと訓練校を歩いていると、生徒からものすごく注目の視線を浴びたのだ。

尊敬の眼差《まなざ》しというか、英雄でも見るような目というか……

それだけじゃない、リリたちと一緒に食堂へ行くと「この国を守ってくださり、ありがとうございます！　こちらにお座りください！」なんて言葉と共に、席を譲られるなんてこともあった。

しかも席を譲ってくれたのは、俺よりも二階級上の中尉だ。

譲られた席に並んだのはコース料理。料理長がわざわざ『調理人一同からの感謝の気持ちです。給仕も我々にさせてください』と挨拶に来た時には、本気で驚いた。

俺はそんなあれこれを思い出してから、口を開く。

「俺が鬼を退治したのではないか、そんな噂ですよね？」

「ああ。その噂を、誰かが意図的に広めたのではないかと、余と爺は踏んでいるのだよ。念のために聞くが、噂の出所に心当たりはあるか？」

「いえ、ないですね」

むしろ、俺が知りたいくらいだ。

目立ちたくない！　静かにゆったり暮らしたい！

そう常日頃から願ってやまない俺である。

噂の出所が分かっていたら全力でやめさせに行っていたさ！

「そうだろうな。そのような状況の中でそちの昇進が決まれば、噂を肯定することになってしまう。それはあまり好ましくない。そちも、そう思わぬか？」

それ故に、昇進代わりの褒美の品、か。

昇進すると休みが多くなるらしいが、注目の的《まと》になって面倒ごとに巻き込まれるのを避けたい気持ちの方が大きい。

「俺としても、そうしてくれるとありがたいです」

「うむ。では決まりだな。褒美に関しては、副官と補佐までになら話をしてもよいから、相談して決めるといい」

副官？　補佐？　それって、誰のことだ？

いや、それは後回しにしていいか。

リリたちに聞けば明確な答えを貰えるだろう。

「そして最後の用件だ——っとその前に相談なのだが……そちに個人的な頼みをしてもよいか？」

そう言いながら、女王様は緊張した面持ちで真っ白な紙を俺の前に広げた。

『最後の用件』が気になって仕方がないが、水を差すわけにもいかなそうだ。

女王様は鑑定しなくても高級だと分かるペンを取り出し、俺に差し出す。

「そちは人の鑑定ができると聞いている。試しに余のことを鑑定してもらえぬか？」

「……女王様の体に、魔力を流すことになりますが？」

「構わぬ。他ならぬ余の頼み故な」

女王様は、小指にはめていた指輪を外し、机の上に置き、椅子に座り直す。

その際にさり気なく肘掛けに触れるのが見えた。

魔力の流れが変わったことから察するに、指輪と椅子に仕込まれた二つの仕掛けで女王様の魔力に干渉できないような障壁を展開していたのを、解除したらしい。

俺が悪事を働こうとしたらどうするんだ？

そうまでして鑑定を受けてみたいということなんだろうけど……

「どうだ？　引き受けてはもらえぬか？」

焦れたように再度聞いてくる女王様に対して、俺は頷く。

「承知しました。全力で鑑定させていただきます」

もっともらしく警戒《けいかい》してはみたものの……実は女王様の鑑定結果に、興味ありまくりです！

いいのか!?　マジで鑑定しちゃっていいのか!?　今更、冗談でしたとか、なしだからな!?

そんな風に昂《たかぶ》る気持ちを抑えつつ、俺は聞く。

「どの深さまで鑑定していいんですか？」

「む？　深さとは？」

「あー、すみません。説明が足りませんでした。流す魔力の強さによって、その人が持つ能力をどれだけ詳細に見られるかを調整できるんです。例えば戦闘力、鍛《きた》えるべき素質、取得した技術、これまでの経験、奴隷としての価値などなど――」

「であれば、全てを見ることは可能か？」

女王様の食い気味の返答に、俺は一瞬固まる。

全て、って。本当にいいのか!?

「数回に分けて鑑定させてもらえるなら」

「そちが無理をするようなことになるのであれば、無理にしなくともよいが？」

「いえ、鑑定する時間が増えるだけで、負担ではありません」

　時間が増えるっていっても、数秒くらいだしな。

　紙に書き記す時間を含めたら、五分くらい多めにかかってしまうが、そんなもの誤差のうちだろう。

「であれば、全てを鑑定してもらおう」

「分かりました」

　マジか！　まさか本当に国のトップの全てを鑑定できるなんて！

「教官！　今日は連れてきてくれてありがとうございます！　心からの感謝を！」

「う、うむ……」

　ルルベール教官が俺から距離を取った気がするが、そんなものは気にしない。

　だって、国のトップを鑑定できるんだぜ!?　テンション上がるだろ！

「手を貸してもらえますか？」

　女王様は俺が言う通り、おずおずと手を差し出してくる。

「分かった。これでよいのか？」

「はい。ありがとうございます」

　国を治める者に、自らを鑑定してほしいと頼まれるなんて……鑑定士冥利《みょうり》に尽きるといえばいいのか、なんといえばいいのか。

知的好奇心《ちてきこうきしん》と鑑定士としての自己肯定感《じここうていかん》が高まる！　世界有数の鑑定士になった気分だ！

「それでは、始めます。まずは、戦闘力を見ていきますね」

「うむ。順序は任せよう。結果をその紙に書き出してくれると助かる」

「分かりました」

高まる鼓動を感じながら、大きく息を吸い込む。

腹の奥底にある魔力を引っ張り上げて、女王様の手に流していく。

【名　前】シュプル・リア・テスタロッテ（23歳）
【職　業】女王
【状　態】生命力：157／157　魔力量：232／232
【レベル】6
【能力値】体力：6（F）　魔力：18（E）　物理：6（F）　魔法：12（E）
防御：3（F）　素早さ：6（F）　回避：5（F）　幸運：13（E）
【技　術】帝王学：3／6　慈愛《じあい》：5／6　直感：2／6　戦況眼《せんきょうがん》：6／6
情報処理：5／6　護身術：2／6
【素　質】学者：A　祈祷師《きとうし》：B　防御魔法：B　情報処理：C

一回目の鑑定で分かる情報は、こんなもんか。

ん……？

思っていたほど、ステータス値が高くないな？

数値だけなら、初めて会った頃のリリやフィオランと、変わらないくらいだ。

でもまあ、国のトップとはいっても、その人自身が強い必要なんてないしな。

技術――身につけた能力で高いのは、〈慈愛〉と〈情報処理〉、〈戦況眼〉か……

素質がない〈戦況眼〉の技術がこれだけ高いってことは、『戦いの中で生きてきた』ってことなのだろう。

そう考えながら、鑑定結果を紙に書き写していく。

書き終え、ペン先を拭《ふ》いていると女王様が身を乗り出しながら聞いてくる。

「鑑定結果を見ても良いか？」

「もちろんです。シュプル女王自身の鑑定結果ですから」

女王様は顎《あご》に手を当てて、言う。

「これが余の鑑定結果か。なるほど、興味深いな」

「それぞれの説明は後回しにして、ひとまず最後まで鑑定を終わらせてもいいですか？」

「あぁ、よろしく頼む」

俺は頷き、もう一度女王様に魔力を流す。

【犯罪歴　】なし
【奴隷価値】12億6千万エン
【補　足　】先代の王の孫として生まれ、父の暴走を止めた功績によって女王となる。幼い頃からルルベールを師と仰いでいるが、武力が高くないことを悩んでいる。血筋《ちすじ》を重視する現在の王族制度に、疑問を抱いている。

さすがは女王様。奴隷価値に関しては、文字通り桁《けた》が違う。

教官のことを爺と呼ぶ理由も、強い信頼を向けている理由も、なんとなく分かった。

引っかかるのは、『父の暴走』と『悩み』について。

正直な話、これを書き出していいのか迷う。だが、秘匿するのも女王様の意思に反するだろうか。

ここは、素直に書くしかないな。

「できました。俺が鑑定できるものは、これで全てです。こちらに関して説明は必要ですか？」

「いや、不要だ」

鑑定結果を手に取った女王が、紙面に目を走らせる。

だがその表情は、冴《さ》えない。

「話には聞いていたが、本当に人の鑑定ができるとはな。速度も内容も、余の想像以上だ」

そう言葉にしながらも、女王様の視線は鑑定結果に向けられたまま。

何度も確かめるように鑑定結果を見てから、女王様は小さく溜め息をつく。

そして俺に聞いてくる。

「質問をしてもよいだろうか？」

「えぇ、もちろんです」

「余は、弱いのだな？」

何かを諦めたかのような、そんな声音《こわね》。

確かに、彼女は強くはない。

現在のリリやフィオランたちと比較すると、劣《おと》っている点は多くある。だが――

「女王様は、人の上に立つ者に相応《ふさわ》しい能力を持っておられますよ」

権力に媚《こ》びているわけじゃない。

鑑定士の誇りをもって、素直にそう言える。

「情報と状況を正確に把握《はあく》し、慈愛の力で人々に安心を与えられる。この国に適した、優れた力をお持ちだと思います」

女王様が直接戦う機会なんてない……いや、そんな機会はない方がいい。そのための軍であり、そのための俺たちだ。

胡麻《ごま》すりではなく、彼女は女王に相応しいと本気で思う。

「ただ、現状よりできることを増やしたいのなら、防御魔法の修練を積んでみてください。それほど苦労することなく、覚えられると思います。女王様にとって一番大事なのは、国のために『生きる』ことですから」

　自分で身を守れれば、教官や護衛が助けに来るまで一人で凌《しの》げる。

　時間を稼ぐことが、結果的に国を守ることに繋がる局面だってあるはずだ。

　そんな俺の思いが伝わったのだろう、女王様は頷いた。

「攻撃系の魔法が軒並《のきな》み使えなかったことで、魔法では戦えないと悲嘆し、見切ってしまっていた。しかし……防御魔法か。分かった。試してみよう」

　女王様は、何か吹っ切れたような表情で大きく肩を回して、ルルベール教官の方を向く。

「余の腹は決まった。やはり、爺の言う通りだな」

　そして再度俺の方に視線を向けて、表情を引き締める。

「さて、最後の用件だ。そちの噂を広めた人物を特定するために、手を貸してもらいたい。犯人は訓練校の内部にいる可能性が高い。そこまでは分かったのだが、それを調べるために部外者が立ち入れば目立ってしまうのでな」

「それで初めから関係者である、俺と教官に依頼をしたい――そういうことですか」

「うむ。概《おおむ》ねその通りだ」

　何故訓練校にそんな人物が？　犯人は噂を流しただけだよな？　女王様が自ら動くような案件な

のか？

次々に疑問が浮かぶが、ひとまずそれらは横に置いておこう。

何せ、女王様直々の依頼である。断れるわけもない。

それに権力云々《うんぬん》の前に、これまでのやり取りの中で、俺はこの方を信じてもよいのではないかと判断している。

つまり俺にとって今一番大事なのは、『鑑定を使い、その者を捕まえろ』という依頼内容だけだ。

異形を倒した時に、俺は鑑定を使って敵の位置を割り出した。

部外秘の報告書に記載はないが、女王なら、教官や伍長《ごちょう》たちから正しい報告を受けているはずだ。

敵を探すついでに俺の能力を見極める。そんな目的も兼ねた依頼なのだろう。

自分の能力が認められたようで、素直に嬉しい。

そうは思うが――

「申し訳ありません。現時点の俺の実力では、噂の鑑定はできません」

視線のように、直接向けられるものなら出所を探れる。殺気を放つ人物を特定することもできる。

だが、不特定の人間を経由する噂の出所を確かめることは不可能だ。

どこに魔力を向ければいいのか、それすら分からないからな。

「俺は、鑑定以外の索敵手段を持っていません。誠に申し訳ないのですが、俺が依頼を達成できる可能性は、極めて低いと思います」

これで失望されてしまっても仕方がない。できないものはできないのだから。

そう決意しての俺の言葉だったのだが、女王様は首を傾げている。

「そちは何を言っている？　噂の鑑定？」

え……？　……あれ？

教官も不思議そうな顔をしているが、もしかしてそういう話じゃない？

「なるほどな。そちが規格外と言われる理由が、それか」

女王様の言葉を受けて、今度は俺が首を傾げる番だった。

「規格外、ですか？」

リリたちにそう言われたことはあるが、何故今なんだ？　むしろ俺は『できない』って断ろうとしたんだぞ？

「いや、思わず口からこぼれただけだ。気にせずともよい」

女王様は、そう口にすると、くすりと笑う。

「余の言葉が悪かったようだ。依頼という言葉だと重かったな。警戒しながら生活していてほしい、というだけの話だ」

「警戒、ですか？」

「うむ。この件、噂が流れただけで終わるとは考えにくい。大袈裟《おおげさ》かもしれないが、噂を流した者を『潜入者』と呼ぶことにする。潜入者は今後、そちの周囲で何かしらの動きを見せるだろう」

噂の標的は俺だ。敵は、俺の周辺で何かを起こすだろうという読みか。

「その何かが起きる前に、異変を見つけ出せってことですか」

「うむ。余のような凡人には、噂を鑑定するなどという、突拍子《とっぴょうし》もない作戦を考えつくことはできなかったのでな」

女王様は、そう口にするとすごく楽しそうに笑う。

扇子で口元を隠しているが、口角が上がっているのは見えるし、目も細められているから分かる。

何はともあれ、俺がするべきことはハッキリした。

「周囲の動きに注意を払い、異変を感じたら教官に報告します」

「うむ。そうしてくれると助かる。着手金として、報酬《ほうしゅう》の半額を先に振り込んでおく故、あとで確認してほしい」

「分かりました」

そう言って頭を下げたところで気付く。

え、報酬が出る!?　准尉の基本給とは別に!?

着手金も何も、今回の任務に必要なものなんて、何もないぞ。

そう戸惑う俺の前で、女王様は眉を寄せる。

「金額が少なくて申し訳ないが、美味しいものでも食べて、英気を養ってくれ」

「……ありがとうございます」

女王様から与えられるものを断るのは、さすがに失礼に当たる。

せっかくだから、その金で焼肉に行かせてもらうか。

『女王様の金で焼肉を食う！』なんて贅沢《ぜいたく》は他にないだろうし。

話がまとまったところで、女王様はパンと手を打ち鳴らす。

「さて、余からの用件は以上だ。最後に、おぬしの認識を訂正しておきたいのだが、よいか？」

「もちろんです。謹《つつし》んで拝聴します」

「うむ。恥ずかしい話ではあるのだが、余は、そちが思っているほど権力を有していないのだ。ただそれだけを伝えておきたくてな」

「え……？」

……どういうことだ？

この国のトップは、女王様だ。訓練校の座学でもそう聞いている。

数分前にした鑑定結果でも、職業は女王になっていた。

国のトップなのに、強い権力を持ってない？

「近いうちに今の言葉の意味を知る日が来るであろう。その時に、そちが余の味方であってくれると嬉しく思う」

「分かりました」

頭を下げたものの、俺の頭は混乱している。

だが、詳しく教える気はないようで女王様は話を締める。

「話は以上だ。噂に関しては、余の方でも引き続き調べる故、何か分かれば連絡を入れる」

「承知しました。本日は貴重な機会をいただき、ありがとうございました」

俺はそう口にして、立ち上がる。

ひとまず女王様との謁見はつつがなく終わりそうだ。

そう思っていると、これまで沈黙を守っていた教官が口を開く。

「それでいいんじゃな？」

「うむ。余の実力が足りていない。そう判断した」

「……相変わらずじゃな」

教官はちらりと俺を一瞥《いちべつ》し、やれやれといった感じで席を立つ。

会話の意味は分からないが、どうやら話は済んだらしい。

教官のあとに続いて、豪華な扉に向けて歩き出す。

背後から女王様も付いて来てくれているところを見ると、部屋の入口まで見送ってくれるようだ。

それから数歩進み、ちょうど部屋の外に出たその時――

「きゃっ！」

可愛らしい叫び声が聞こえたので、俺は慌てて振り向く。

見えたのは、前のめりにペタンと転ぶ女王様の姿。

女王様は頬を染めて、恥ずかしそうに視線を逸らしている。

「やっ、やり直しで……」

そんな女王様らしからぬ姿を隠すように、教官が豪華な扉を閉じた。

2　城からの帰り道

女王の部屋をあとにした俺とルルベール教官は、入ってきた時と同じ通路を通り、誰とも会わないまま、城の裏口にたどり着く。

「アルト准尉。おぬしにはこのまま、一人で帰ってもらいたい。できるだけ隙《すき》を見せつつのぉ」

そう言いながらルルベール教官はニヤリと笑い、誰もいない庭を見下ろした。

王城から外に出るためには、二つの門を通る必要がある。それらの間のスペースは、非常に入り組んだ造りの庭になっているのだ。

背の高い薔薇《ばら》が咲き誇る庭は迷路のようで、追っ手を撒《ま》きやすい。

だがそれは、周囲からの死角が多いことも意味する。

もし潜入者が国の関係者だった場合、確実に襲《おそ》ってくるだろう。

まぁ、それを炙《あぶ》り出すのが俺の仕事、か。

「囮《おとり》になりながら帰れ。そういうことですか」

「うむ。おぬしとしても、早めに解決したかろう？」

「まあ、そうですね」

不安を抱えたまま生きるのは、性に合わない。

夜も昼も、安心してぐっすり眠りたい。

「指輪は持っておるな？」

ルルベール教官の質問に、俺は頷く。

俺のポケットの中には、女王様が小指にはめていたのとは別の指輪が入っている。

「ええ。大切に保管していますよ」

『指輪はアルト准尉に託す。好きに使うとよい』そう女王様から言付《ことづ》かった上で、教官は指輪を預《あず》かったとのこと。

どう考えても高い価値を持っているだろうことは想像に難くないので、俺は冷や汗をかきながら指輪を持ち歩くはめになってしまった。

「囮になることより、この指輪を持っている方が嫌なんですけど」

「うむ。気に入ったようで何よりじゃ。大切にするんじゃぞ？」

「……」

くつくつ笑う教官の頭を一発殴りたいんだが？　本当にやるか？

一瞬だけそう思ったが、教官を殴ったところで、俺の手が折れるだけで終わる。

『蚊が止まったかのようなパンチじゃな。鍛え直してやるわい』と言われる気しかしない。

触らぬ教官に祟《たた》りなしだ。

「曲がり角を右に曲がり続ければ庭を出ることができるぞ。おぬしの武運を祈る」

「分かりました……って、え……？」

振り向いた先に、教官の姿はすでにない。

隣を歩いていたはずなのに、一瞬で消えてしまった。

「教官のデタラメは今更か」

鑑定を広げて見つけることはできると思うが、する必要もないよな。

切り替えは大事だ。

「えーっと？　庭を通ればいいんだよな」

それにしても狙われるために見通しの悪い場所に行けなんて、予想以上に鬼畜だ。一応、短剣は持ち歩いているが、戦闘力は一般人レベルでしかない。

そんなことを言っていても始まらないので早速薔薇の迷路に入る。

この時点では鑑定結果に異常はない。

美しい花々が、女王様との対話で疲れた心を癒《い》やしてくれるだけだ。

「それにしても、太陽が眩《まぶ》しい……」

手元の時計を見たが、昼の二時だと分かる。

ものすごく長時間に思えたが、女王様と話していた時間は十五分もなかったらしい。

教官が言うように、散歩程度の時間だ。

「でもせめて、事前通知くらいは欲しいよな」

裏口からコソコソ出入りしたり、女王の護衛すらいなかったりしたことを考えると情報が漏れるリスクを考慮していた、つまり『教えたくても教えられなかった』というのが正しいのだろう。

　とはいえ——

「もう二度とこんな思いはごめんだな」

国のトップが仕掛け人のドッキリとか、マジで心臓に悪すぎる。

あの十五分で、十年くらいは寿命が縮んだ気がする。

今回の慰謝料として、幸せな生活の保証を要求したいくらいだ。

「女王様にそう言ったら処刑……いや、楽しそうに笑われて終わりか」

まったく、本当に懐《ふところ》が深い女王様だ。

そんなことを考えながら薔薇の迷路を進み、俺は行き止まりで足を止めた。

「全て右に曲がったはずなんだが……」

目の前は完全な行き止まりである。

どこかで間違えたのか？　なんて思っていると、ポケットの中にある指輪が魔力を帯びた。

すると、目の前の石畳が開き、地下に続く道が姿を見せる。

「……なるほど。隠し通路ですか」

大人一人がギリギリ通れる大きさの入口の奥は、緩やかな傾斜になっている。

「王族の緊急脱出用通路とか？」

どう考えても、俺が知っていい通路じゃないだろ、これ。

今日だけで、知ってはいけないことを知りすぎた。その自覚はある。

だが、ここで引き返すこともできない。

「女王様と教官様——最強の二人にかかれば、しがない鑑定士は手のひらの上だな」

大きく溜め息をつき、俺はゆっくりと地下通路に入っていった。


「鑑定に不自然な反応はなし」

薄暗い地下通路の先は、図書館の個室に繋がっていた。

そこで改めて鑑定をかけてみたが、追っ手の気配はない。

「簡単に尻尾《しっぽ》を出してくれる相手なら、教官たちも手を焼いていないか……」

そう呟きながら、俺は個室の扉を開ける。

周りは大きな本棚《ほんだな》に囲まれている。

前後左右に、上下。見回す限りの場所が、本で埋まっている。

さすがは帝国随一《ずいいち》の蔵書を誇る図書館だな。

「こんな場所が、無料で誰でも使えるって、本当にすごいよな」

ちなみにだが、王国の図書館は貴族専用。平民は、近付くだけで処刑される。

「今の依頼が終わったら、リリたちと一緒に見て回るのも面白そうだ。訓練校にはない本が、大量にあるし、訓練のヒントになるかもしれない」

俺は鑑定の範囲を広げ、面白そうな本をピックアップしていく。

それからしばらく借りる本を吟味《ぎんみ》して、俺は併設されている喫茶店《きっさてん》に移動する。

結局借りたのは『リーダーの哲学』『帝国と筋肉の歴史』『理想の上司になる7』の三冊。

それらを流し見しつつ、俺は周囲の会話に耳を傾けた。

「聞いたかい？　すっごい英雄様の話」

「もちろんさね。まだ訓練生なのに、なんやすごい敵を倒したんやろ？　えらい生徒さんがいたもんやねぇ」

「へ⁉　訓練校の生徒さん⁉　それは知らなかったよ！　本当なのかい⁉」

聞こえてくる噂話は、訓練校で聞くものと同系統だ。

だけど、俺が倒したことまでは伝わっていないようだ。

「訓練校の内部に敵か……」

身内を疑いたくはないが、その可能性が高いという女王様の推測は、間違っていないように思える。

図書館を出て、店が並ぶ大通りをふらふら歩く。

すると、とある店の店主が声をかけてくる。

「どうだい、兄さん。朝採《あさど》れのハニーアップル。安くしとくぜ？」

「へぇー、美味しそうですね」

教官に突然拉致されたため、昼飯がまだだ。

みんなは先に昼食を済ませていると思うが、せっかくだから、リリたちの分も買っていこうか。

――そう思って口を開こうとした瞬間、得体の知れない悪寒《おかん》が全身を駆け抜けた。

「――ッ！」

勢いよく振り向いた先に見えるのは、楽しそうに買いものをする人々の姿。

嫌な気配も、いつの間にか消えている。

「おん？　どうかしたんか？」

「……いえ、気のせいだったみたいです」

そう言いながら店主に笑みを向けて、俺は足早にその場を離れた。

人混みに紛《まぎ》れながら周囲に魔力を流すが、鑑定結果に異常はない。

「風邪でも引いたか？」

いや、そんな言葉で片付けられるような気配ではなかった。

「……ひとまず帰ろう」

この先を左に入れば、人通りの少ない道がある。

細く入り組んだ道だが、訓練校への近道。もし俺をつけている奴がいても不自然には思わないはずだ。

この道を通ることで、潜入者を誘い出せたなら、儲《もう》けものである。

大通りを離れ、裏通りを進む。周囲の喧騒《けんそう》が消え、人混みが遠ざかる。目に見える範囲に人はいない。

改めて細心の注意を払いながら魔力を広げたが、尾行されている気配はなかった。

「……」

釣れなかったのか？

そう思った時――ガシャンと何かが倒れる音がした。

次いで察知したのは、息を呑む音。

思わず俺は言う。

「――来たか！」

そして慌てて振り向いた先に、見覚えのある制服が見えた。

ポニーテールの赤い髪。小柄な体。訓練校の制服を着た小さな背中が、角を曲がって逃げていく。

慌てて鑑定するべく魔力を向けたが、魔力はそいつの体をすり抜けた。

「最初に異形を鑑定しようとした時と同じか！」

慌てて追いかけ、角を曲がる。その先に見えたのは、無人の道。

がむしゃらに魔力を広げたが、空振りだ。

「……逃げられたか」

細い路地の真ん中で、肩を落としながら天を仰ぐ。

俺のあとをつける敵がいることは分かったが、次に打てる手は思い浮かばない。

一瞬見えた後ろ姿だけでは、敵を絞り込むのは難しい。

「見た目なんて簡単に魔法で変えられるしな。唯一の成果は、鑑定ができなかったことだけ、か」

俺の鑑定を拒むものは全て、邪神を崇める集団が関わっていた。

そう考えると、今回の敵もそれに与《くみ》している可能性が極めて高い。

「〈蛇の末裔《まつえい》〉だったか？　目をつけられる覚えはないんだがな……まずはリリたちに相談するしかないか」


訓練校に帰還した俺は、正面の門をくぐる。

俺の顔を見た門番が、慌てて背筋を伸ばした。

「アルト准尉、お帰りなさいませ！」

次いで、他の門番の声。

「「お帰りなさいませ！」」

門番たちの対応が、事件の前と後で劇的に違う。

詰め所で休んでいた者まで出てきて、横一列に並ぶなんて、今までなかったもの。

「うん。みんなもお疲れさま」

「「ありがとうございます！」」

気まずくて仕方がないが、好意的な反応ではあるので、注意もしづらい。

そしてそれは、訓練校に入ってからも続く。

「見て、鬼殺しの英雄様よ！」

「やっぱ、オーラが違《ちげ》ぇよな。オーラが」

「お願いしたらサイン書いてくれるかな？　私の実力じゃ無理かな？」

そんな会話が、ひっきりなしに周囲から聞こえるのだ。

普段であればこそこそ逃げるが、今日ばかりはそれも無理だ。

「やば！　目が合った！」

「スカウト？　スカウトされちゃう!?」

この場だけでも、赤髪のポニーテールの女子は四人もいる。

訓練校全体から絞り込むのは現実的じゃないな。

それならなおのこと――

「鑑定を進化させないとな」

俺が噂を鑑定できるようになれば、全てが解決する。

もっとも、そもそもそんなことが可能なのかも分からないが。

そう決意を新たに、周囲の会話を聞かないようにしながら廊下を進み、借りている部屋にたどり着いた。

ドアを開けると、無邪気な笑みを浮かべたリリが駆けてきた。

「お帰りなさい、アルト様！　……お疲れですか？」

「あー、色々とあってね」

女王様のドッキリに始まり、鑑定がきかないストーカー。きらきらとした期待の視線。

本当に色々あった。身も心も疲れた。

「今、クッキーをお出ししますね！　紅茶とコーヒー、どっちがいいですか？」

「紅茶かな。お願いしてもいい？」

「もちろんです！　すぐに準備しますね！」

両手をギュッと握り締めたリリが、パタパタと駆けていく。

そんな可愛らしい姿を横目に見ながら、俺はソファーに腰掛けた。

「はぁー……本当に疲れた……」

背もたれに深く沈み、天井を仰ぎ見る。

借りものの仕事部屋で、住み始めてまだ半年も経っていないが、この部屋に来ると『帰ってきたな』と思う。やはり俺の居場所は、リリたちの側なのだ。

窓の外には弓の練習をしているフィオランが見える。マルリアは、自分の机で何かを作っているようだ。そして彼女の弟のマイロくんはベッドの上で魔力量を増やすために瞑想《めいそう》中。

ちなみに俺の部下の中で、フィオランだけは元冒険者、それ以外は訓練校の施設内にある保護施設の出身者だ。

確か新入生トップの成績を修めていたサーラも、そこの出身だったな。

「数時間前までは、俺もこの中で休みを満喫していたんだよな」

あの時の自分に『今から国のトップに会いに行き、ストーカーに追われて帰ってくる。精神を擦り減らさぬよう気を付けろ』などと言えば、正気を疑われるに違いない。

女王様に会えたのは光栄なことで、忠告も本当にありがたい。

だが、疲れるものは疲れる。マジでぐったりだ。

それでもこのまま眠ってしまうなんてことはできないわけで。

「リリ。申し訳ないんだけど、全員の分のクッキーと紅茶を用意してもらえるか？」

「全員分ですか？　分かりました！」

キッチンから顔を覗かせたリリが、鼻歌交じりに追加でお湯を沸《わ》かし始める。

しかしマルリアは怪訝《けげん》そうな視線を俺に向け、マイロくんもぱちりと瞬きをしてから口を開いた。

「何か起こったんですか？」

「うん。どうにも面倒な話になってね。悪いんだけど、フィオランを呼んできてもらえないかな？」

「分かりました」

軽やかにベッドを下りたマイロくんが、窓から顔を出して手を振る。

それに気付いたフィオランは、握っていた矢を筒《つつ》の中に戻し始める。

そんなマイロくんたちの姿を横目に見ながら、俺はマルリアの方を向いた。

「俺がいない間に、変わったこととかあったか？」

「何もなかったわよ？　またトラブル？」

いや、またってなんだよ。またって。

「あんたって、本当に顔に出るわよね。話を聞く前から嫌な予感しかしないわ」

マルリアはそう口にしながら、大きく肩をすくめる。

そして指を三本立てた。

「まず蛇遣いでしょ？　警邏《けいら》の授業の中で狼と異形。次は何を引っ張ってきたのよ？」

いや、蛇も狼も異形も、俺のせいじゃないよな？　俺は巻き込まれただけだよな？

なんて思いながらも、俺はもごもごと言う。

「えーっと……ストーカー？」

「それで？　ストーカーってことは、普通の人間なの？　化物じゃなくて？」

「なんとも言えないけど、たぶん人間？」

「なんで疑問形なのよ」

こめかみを押さえたマルリアが、天井を仰ぎ見る。

そして大きな溜め息を漏らした。

「マイロを助けてもらった恩もあるし、私がさらわれた時も助けてもらったもの。仕方がないから、もう少しだけ付き合ってあげるわ」

「ありがとう。よろしくな」

そう言葉を返したが、マルリアがさらわれかけた件に関しては、敵の目的は俺だった。だからあれだけは、俺の責任だと思う。その件を抜きにしても、マルリアには日頃から助けてもらってばかりだ。恩に着るべきはこちらだろう。

だが、それをわざわざ言うのも不毛だ。ここはマルリアの面倒見の良さに甘えておこう。

フィオランが部屋の中に戻ってくる。

それから少しして、フィオラン、マイロくん、リリの順で、それぞれが紅茶を手に席に着いた。

リリは自分が席に着く前に俺とマルリアの前にも紅茶を置いてくれた。

俺は全員がこちらを向いたのを確認し、切り出す。

「休みの最中なのに悪いな。残念ながら仕事の話だ。教官と一緒に、女王様に会ってきたんだけどな――」

　すると、俺の言葉にマルリアとリリが被せるように言う。

「ちょっと待って！　しれっと言ったけど、女王様に会ってきたってどういうこと⁉」

「女王様にですか⁉」

　それに続くようにマイロくん、フィオランも声を上げる。

「さすがは、アルト様ですね！」

「お姉さん、ちょっと意味が分からないかも。そこんとこ詳しく！」

　部下全員が、驚きの目を俺に向けていた。

　一人残らず椅子から身を乗り出して、目を見開いている。

　やっぱりそうだよな！　国のトップに会いましたとか、普通に驚くよな！　これが普通の反応だよな！

　ルルベール教官があまりにも女王様をぞんざいに扱っていたため、みんなの普通の反応に少し嬉しくなってしまう。

　だが、そこで詰まっていたらいつまでも話が進まない。

「ひとまず話を聞いてほしい。女王様が俺を呼び出したのは、俺たちを狙う敵が訓練校の内部にいるかもしれないからだったんだ」

「「「⁉」」」

一転して、全員が口を閉じた。

状況を瞬時に理解したのだろう。表情も真剣なものになった。

少しして、マルリアが口を開く。

「女王様が保証した確かな情報、って認識でいいのよね？」

「あぁ、女王様だけじゃなくて教官も保証している。さっきマルリアには少し話したと思うが、帰ってくる途中で、訓練校の生徒らしき女性に追跡されたんだ」

容姿を偽っていた可能性が大いにある上に、相手が女性じゃなかった可能性もあるが、付け加えるとややこしくなる。今はひとまず女子生徒だったという前提で進めることにしたのだ。

すると、俺の説明を聞いたフィオランが首を傾げた。

「危険なのは分かったんだけど、お姉さんたちはどうしたらいいの？」

「特に何かをする必要はないよ。普段通りに生活する中で、普段と違うことが起こる可能性があるから注意しろ、って注《ちゅう》意《い》喚《かん》起《き》をされたような感じだった」

敵の尻尾を掴まない限り、こっちから仕掛けることはできない。

相手に悟られないように、尻尾が見えるのを待つしかない立場である。

「ん～。なるほどね」

フィオランは、胸の前で腕を組んで悩ましげな表情を浮かべつつも、ひとまず頷く。

リリたちも、互いに顔を見合わせながら頷いているのを見るに、状況は理解してくれたようだ。

ただ、胸中は複雑だろう。『訓練校の仲間を疑いながら、普段と変わらない生活をしてほしい』というのは、簡単なことではない。ここでの生活が長いリリたちは、俺よりも戸惑っているに違いない。

「最近聞くようになった〈鬼殺し〉に関する噂は、そいつが流したものらしい。目的は分かっていない。まぁ気にしすぎもよくないが、気には留めておいてくれ」

俺はそこで言葉を切り、努めて声を明るくしつつ話題を変える。

「さて、重苦しい話はここまで。それ以外にも異形を退治した時の報酬についても聞いてきた！」

俺はそう言いながら、女王様に渡された報酬についての紙束を机の上に出す。

みんなの視線が報酬の紙に集まった。

――と、そこで女王の言葉が蘇《よみがえ》る。

『褒美に関しては、副官と補佐までになら話してもよい』って、女王様からそう聞かされたのだ。

だが、時すでに遅し。部下全員に、紙の束を見せてしまっている。

これってあれか？　処刑される？

血の気が引いた俺は、さびたおもちゃのようにギギギと首を動かし、リリに目を向けた。

「リリ、さん？　俺たちの中に、副官と補佐っている？」

「副官と補佐ですか？　まだ決めてませんよね？」

首を傾げるリリに俺は答える。

「いや、決めてないと思う」

「そうですよね！　よかった、私が忘れているのかと不安になってしまいました！」

リリは嬉しそうに微笑む。

逆に俺は、不安が増すばかり。ぎこぎこ動く、ノコギリの音がする。

上から斬られるか、下から斬られるか……

「副官と補佐って、俺が選べばいいのか？　ここにいる全員を副官にするとかできない？」

「それはダメですね。アルト様は准尉なので、副官と補佐はそれぞれ二人までしか選べません！」

「……なるほど!!」

副官と補佐は合わせて四人。ここにいるのも四人！　問題なしってことでいいよな！

マジで危なかった。冷や汗が本当にヤバい。

俺は逸《はや》る気持ちをどうにか落ち着けて、口を開く。

「とりあえず、マイロくんは補佐官で」

「はい！　ありがとうございます！」

マイロくんの体内には魔力を吸収してしまう何かがあり、それによって発作が起こる可能性があるために同行できる任務に制限がある。

そのため彼を副官にすると、彼としても恐縮してしまうだろうからな。

そしてあとの三人は、全員が副官！　と言いたいところだが……二人までしか選べないのか。

「副官の枠って、昇進したら増える？」

俺の質問に、リリは頷く。

「はい。階級に応じて増えます！」

俺は少し考えて、口を開く。

「リリ、フィオラン、マルリアは、副官候補に昇進ってことでいいかな……？」

玉虫色の答えで申し訳ないが、二人を選ぶのはしっくりこない。

とりあえず今は、この形で勘弁してほしい。

「全然いいけど……」

マルリアの返事はどこか歯切れが悪い。

それもそうか、突然こんな役職の話をした理由を説明していなかった。

「実は報酬については副官と補佐官までだったら話していいって女王様から言われててさ。決めていなかったなーと。でも、これで問題なしだ！　よし報酬を決めるぞ！」

そう言葉を紡ぎながら、俺は改めて報酬候補の紙に視線を向ける。

部下のみんなは俺がうっかりミスをしそうになったことを察して、一瞬冷ややかな視線を向けてきたが、それよりも報酬が気になったようで、すぐにリストを覗き込む。

「わっ、サファイアチューリップのネックレスがありますよ！」

「さすがは女王様って感じね。私でも聞いたことがあるものばかりじゃない」

「あのね！　あのね！　お姉さんとしては、秘蔵酒を飲んでみたい気もするかな！　あ、でもでも！　純金コインも結構な価値があるみたいだし……やっぱりこっちかな？」

わいわい盛り上がるリリ、マルリア、フィオラン。

それを横目に、俺はのんびりと紅茶を飲み、クッキーをパクつく。

この報酬は、みんなが頑張ってくれた成果だ。だから、みんなが選んだものにしたい。

「アルト様、紅茶のおかわり淹《い》れてきますね」

紅茶を飲み切ってしまったことに気付いたリリがそう言ってくれるので、俺はカップを差し出す。

「あー、うん。お願いしようかな」

『まだまだ時間が掛かりそうだからね』なんて言葉を呑み込んで、俺は苦笑いを浮かべた。

ちらっと横に視線を移すと、マイロくんも苦笑いだ。

きっと姉であるマルリアに付き合う機会が多く、慣れているのだろう。


それからおよそ二十分近くが経過した。

報酬が決まる気配は、未だない。

このまま永遠に続くのでは？　なんて九割くらいの本気度で思ってしまう。

「えっとえっと、高級工具と魔導工具のセットはどうですか？　マルリアさんがより魔道具を作りやすくなると思うんです！」

そんなリリの言葉に対して、マルリアは首を横に振る。

「何バカなことを言っているのよ。それなら、土竜《どりゅう》の魔石が埋め込まれた魔法の杖の方がいいに決まってるじゃない。リリの能力アップは、全員の底上げになるもの」

「ん～、お姉さんとしては、一軒家を貰って、みんなで住むのもいいかな～、って。新婚さんっぽくていいよね！」

フィオランがあっけらかんとそう口にすると、マルリアが顔を真っ赤にして俯く。

「ししし、しんこんって！　だれと、だれが……もにょもにょ……」

みんなの楽しそうな姿を見てると、こっちも幸せな気持ちになるから、いいけどさ。

そんなことを考えていると、二度目のおかわりの紅茶を淹れてくれたマイロくんがやってくる。

「お待たせしました。リリさんが淹れてくれたものと比べたら、あまり美味しくないかもですが」

「いや、マイロくんが淹れてくれたものも美味しいよ。俺にはできないから、すごいよ」

帝国に来るまでは、紅茶どころか、お湯を沸かす時間もない生活だったからな。

正直な話、インスタントのコーヒーすら作れるかどうか怪しいレベルだ。

こうやって頼ってばかりなのは悪いなと思い、俺は言う。

「時間がある時でいいから、俺に紅茶の淹れ方を教えてくれないかな？」

「それは構いませんが、アルトさんはそんなことをせず、どっしり構えていてください。紅茶なら僕たちが淹れますから。実力者は、実力に見合うことをする。それを支えるのが僕たちの役目なので」

「……そっか。分かったよ」

誰に聞いてもこんな感じなんだよな。

リリにも、マルリアにも、フィオランにも、以前遠回しに断られた。

何がなんでも覚えたいってわけじゃないから、いいんだけどさ。

実力者の役目、ねぇ……

そんな風にしみじみしながら、カップに口をつける。

そこで俺は、もう一つの報酬について不意に思い出した。

「そういえば、焼肉に行くための金を携帯端末に振り込んでおいたから確認しておけ、って言われてたな」

「焼肉……ですか？」

「そうそう、女王様が美味しいものでも食って英気を養えってさ」

俺はそう言いながら、たどたどしい手つきで、端末を操作して、入金履歴を見る。

慣れない作業だが、こればかりは俺がやるべきだ。

「んー？　あー、これか？」

『ルルベール教官からの特別手当』と書かれているすぐ下に、数字が並んでいる。

うん。これっぽいな。

女王様から直接じゃなくて、教官を経由したのか。

確かに女王様からの送金履歴なんて、見られたら大騒ぎになりそうだしな。

「……ん？　一、十、百……ん？」

「アルトさん？　どうしました？」

マイロくんに対して、俺は眉間《みけん》を揉みながら答える。

「いや。金額を見間違えたみたいだ。もう一回桁を数え直すよ」
1、10、１００、１０００、1万、10万、１００万……２５０万エン……？
「え……？　いや、ちょっと待て」

何回数えても、２５０万エンが振り込まれているみたいなんだが。

「桁が一つ多い？　入力を間違えた？」

任務の手付金として、報酬の半額を振り込む。そんな話だったよな？

手付金として２５０万エンが振り込まれているってことは、全額で報酬は５００万エンってことか？

「アルトさん？」

不思議そうに俺を見てくるマイロくんに、俺は言う。

「あー、えーっと。ちょっと聞きたいんだけど」

咄嗟《とっさ》にそう言葉を紡いだが、いったい何を聞くべきだ？

報酬の相場？　返金の方法？

色々と考えてしまい、まごついていると、コンコンコン、とノックの音がした。

「失礼しまーす。お兄さんいるー？」

俺の返事を待たずに、ドアがガチャリと開く。

半開きのドアから可愛らしい犬耳少女——もとい女装した犬耳少年が顔を覗かせた。

つい先日、帝国に亡命してきた元王国の第四王子——ミルカである。

「やっほー！　お兄さんに会いたくて来ちゃった」

そう言いながら微笑むミルカの本日の服装は、チェックのワンピース。胸元についたリボンも可愛らしい。

そんなミルカが俺の元までやってくると、その後ろから鼻息を荒くしたメイド服の女性——ルメルさんも部屋に入ってくる。

「えへへ。今日のボクも可愛いでしょ」

ミルカはそう口にしながら、俺の目の前でクルリと回る。

長めに作られたスカートが、ふわりと広がった。

「もしよかったら、この服、お兄さんにも貸してあげるね。新しい自分に出会えるよ？」

「……いや、遠慮させてください」

俺はそう断るが、ミルカは食い下がる。

「えー!?　お兄さんなら絶対に似合うのにー!　あっ、ウィッグも貸すよ?」

髪の長さとか、そういう問題じゃないです。

もちろん、ミルカの趣味を否定するわけじゃない。だが、新しい自分に出会いたくないのだ。

俺が首を横に振ると、ミルカはしょんぼりとしてしまう。

そんなミルカの髪を撫でてから、ルメルさんがメイド服のスカートを指先で摘まみ、軽く膝を曲げて、お辞儀してくる。

「ご挨拶が遅くなり、申し訳ございません。メイドのルメルと申します。この度はミルカ様の亡命を受け入れてくださり、誠にありがとうございます」

「いえ。最終的に決めたのは、俺よりも上の人間ですから」

俺はそう答えながら、ルメルさんを観察する。

口調はもちろん、見た目と雰囲気も、『これぞメイド!』って感じだ。

ついでに鑑定もかけてみる。

【名　前】ルメル（28歳）
【技　術】接客術：6／7　生活補助：5／7　男《おとこ》の娘《こ》愛《あい》：7／7　メイク術：6／7
【素　質】生活補助：B　接客：B

どうしても〈男の娘愛〉に目が向くが、それ以外は優秀なメイドさんだ。

帝国は、宗教の自由も保障している。俺も、人様《ひとさま》の趣味に口を出す気はない。

だけど、俺をそっちの沼に引き込もうとするのはやめてほしいです。

とりあえず、その話は棚に上げさせてもらうとして――

「ミルカ、質問なんだが、訓練校の制服を持っていたりするか？」

「制服？　貰ってないよ？」

「今後手配することはあるかもしれませんが、今は持っている理由もありませんので」

ルメルさんはそう付け加えた。

まぁ、そうだよな。

ルメルさんの背後にある大きな荷物に鑑定をかけたが、ただの荷物のようだし。

「でもさ、でもさ。なんで制服なの？」

「いや、なんとなーく気になっただけだよ」

「⁇」

二人とも不思議そうな顔をしているし、あのストーカーとは無関係だろう。

確証とまではいかないが、大丈夫だと思う。

王国の地獄を知る者が、この素晴らしい国を裏切るとは思えないからな。

「あっ！　分かった！　ボクの制服姿が見たいんでしょ！　貸してもらえそうなら、今度見せてあげるね！」

「あー……うん」

要《い》らぬ勘違いをされたが、こっちは放置でいいよな。実害があるわけじゃないし。

そう思っていたが、ルメルさんの目が輝いた。

「主様《あるじさま》も同志だったのですね！」

パーッと後光が差したように表情が明るくなった。笑みがダダ漏れである。

え？　何？　なんで鼻息荒く近付いてくるの？　主様って俺のこと？

「同志の方と、会ってみたかったのです！　男の子が、女の子の姿になる！　とても素晴らしいことですよね！　一度で二度美味しい！　あぁ、素敵！」

「あー……はい、そう、ですね……」

俺が適当に調子を合わせると、ルメルさんはさらにヒートアップしていく。

「ですよね！　分かってもらえますよね！　今日のミルカ様のお召し物なのですが、胸元のリボンを基調にチェック柄で決めてみました！　男の子を男の娘にするためには、喉仏《のどぼとけ》を隠すためのチョーカーと手首を隠す長袖が必要不可欠になりますが、それが逆にいい！　分かりますよね⁉」

「……あ、うん。はい。いいと、思います」

「ですよね、ですよね！　分かっていただけますよね！　本当にありがとうございます！　それにしても、ミルカ様が言われた通り、主様も女性物が似合いそうなお顔立ちをされていますね！　長

めのウィッグが必要にはなりますが、化粧は軽めで大丈夫そうですし。いずれは、お二人が並んだ写真を撮らせてください！　絶対に仲がいい姉妹に見えますよ！　いい！　すごくいいと思います！　そんな姉妹のような関係性に、実は主従関係という特別感がスパイスになり、さらには王国を捨てた絆《きずな》、帝国に移り住んだ絆、男の娘の秘密を共有する絆、それらが複雑に絡み合う！　そして――」

あのー、誠に申し訳ないんですが、誰か彼女を止めてもらえませんか？

立ち話もなんだからってことで、どうにか一旦話をぶった切って来客用の椅子に座ってもらう。

しかし、彼女の口は止まらない。

「『男の娘の良さは恥じらいだ！』と思う方ももしかするといらっしゃるかもしれません。ですが、私としてはやっぱり、本人が気持ちよく女の子になっている姿が、最高に可愛いと思うのです。無理矢理なんて論外ですよね。もちろん、『ボク、そういうのに、ちょっとだけ興味があって……』なんていうところから育て上げるのは至高で最早、神だと思うのですが――」

ルメルさんの男の娘愛が、止まりません。

もう、なんというか、さすがスキルレベル7と思う他ない。

半分以上を聞き流している現状でも、すごい圧力を感じる。

「だよね！　だよね！　お兄さんなら半袖のワンピースとかでも、ぜーったいに似合うよね！」

いつの間にか、ミルカまで参戦している。右も左も敵だ。

誰かに助けを求めようと思っても、報酬選びが盛り上がっているらしくて、誰も気付いてくれない……っていつの間にか、マイロくんも報酬選びに交ざっているんだが!?

さては、逃げたな。

巻き込まれ事故を防ぐための予防策だとは思うし、恨む気もないが……いや！　巻き込ませてもらおう！　自分だけ安全圏にいるなんて許さない！

本当は俺も、こんな手は使いたくない。

だが！　敵前逃亡は、死の危険を感じた時にだけ許される技だ！

安易に逃げた者には、天罰《てんばつ》を与える必要がある！

「ルメルさんは、俺たち以外に、着飾りたいなと思う人はいないんですか？　例えば、あそこにいるマイロくんとかどうですか？」

本当にごめんな。無能な上司である俺を許してくれ。

この場に男が、俺とマイロくんだけしかいないばっかりに。

「彼ですか？　えーっと、そうですね。将来性は感じますが、もう少し成長してからがいいですよね。男性らしさが足りないので、萌《も》えるかどうかと聞かれると……」

「……で、ですよね！　うん！　分かります、分かります……」

俺は矛を収めた。

いや、全然分かってはいないのだが。

女の子の格好をさせるために、男らしさが必要？　男の娘、奥が深すぎないか？

そんな思いに落胆したが、俺が質問を投げかけたおかげでルメルさんの勢いが止まった！

俺は意を決して、もう一度話をぶった切る。

「そういえば、二人はどうしてここに？」

「はっ！　そうでした。私としたことが、誠に申し訳ございません。いただいた紅茶も冷ましてしまいました。キッチンをお貸しいただければ、すぐに新しいものを――」

ルメルさんが正気に戻ったことで働こうと腰を浮かしかけたので、俺はそれを押しとどめつつ言う。

「いえいえ。大丈夫ですよ。お客さんにそんなことをさせるわけにはいきませんから。マイロくん。紅茶のおかわりをお願いしていい？」

「分かりました」

マイロくんはそう言ってすぐにお湯を沸かし始める。

これが聞こえたってことは、どう考えても男の娘の話、聞いてて無視してたよね？　上司を見捨ててたよね？

なんて思わなくもないが、それを追及しても不毛なので、俺は話を前に進めることにした。

「えーっと。亡命が正式に受け入れられたことまでは聞いたのですが、何か用があったのかな、と」

「ミルカ様。私が詳細をお伝えしてもよろしいですか？」

ルメルさんの言葉に、ミルカは頷く。

「うん！　よろしくね！」

ミルカはそう言うと、小さなクッキーを両手で持って、小動物のようにはむはむとクッキーを食べ始める。

その姿は少女にしか見えず、あざとくて可愛い。

そんなミルカの頭を撫でてから、ルメルさんは俺の目を見詰めて、深く頭を下げた。

「私たち二人を主様の部下のような存在にしていただきたく、本日はこうして参上したのです」

「部下のような存在、というと？」

「このお部屋の近くに住まわせていただき、正式に入隊できる日まで、主様のお仕事に協力してはどうだ、とルルベール教官よりご提案いただきました。私かミルカ様が入学試験に合格するまでは、陰ながら支えさせていただきたく思っております」

「なるほど、そういうことでしたか」

ルメルさんはともかく、ミルカの素性《すじょう》が周囲に知られると面倒事になる。

しかし、このタイミングで俺の部下にすると注目されてしまう、ってことか。

それは分かるが『面倒事は、まとめて端《はし》に寄せておくかの。まぁ、なんじゃ。問題が起きれば、アルト准尉がどうにかするじゃろ』っていうルルベール教官の思惑も透けて見えるようだな。

いや、まぁ、知らない仲じゃないし、拒否する理由もないけどさ。

「一応、仲間と相談してもいいですか？」

俺が聞くと、ルメルさんは頷く。

「もちろん大丈夫です。私たちは席を外しますね」

「いえ、そこまでしなくていいですよ。そのまま待っていてください」

そう一言断って、報酬選びで盛り上がっているテーブルに近付いていく。

俺の気配に気が付いたのか、リリが嬉しそうな笑みを浮かべて振り向いた。

「アルト様！　この指輪と、こっちの指輪。どっちの方がアルト様の好みですか？」

「え……？」

魔道具でもないただの装飾品みたいだけど、どうやら彼女たちはこれが気になっているらしい。

えっと……シンプルなデザインのものと、ダイヤがちりばめられたもので悩んでいるのか。

「俺はこっちのシンプルな方が好きかな」

「なるほど！　ありがとうございます！　参考にさせてもらいますね！」

「あっ、うん……ところで、マルリアの顔が赤い気がするが。大丈夫か？」

「うっ、うるさい！　赤くなんてないわよ！」

いや、どう見ても赤いぞ？　風邪か？

「そっかー。アルトくんは、マルリアちゃんが選んだ指輪が好みなんだね。お姉さんも、もうちょっとアルトくんの好みを――」

そう言いかけたフィオランの口を、マルリアが塞《ふさ》ぐ。

「へっ、変態は何言ってるのよ！　あんたはずっと黙ってなさい！」

よく分からないが、ずいぶんと盛り上がっている。

ともあれ、今は優先して聞くべきことがある。

「聞きたいことがあるんだ。実はあの二人が俺の部下になりたいって言っていて。大丈夫か？」

「はい！　私は大丈夫です！」

「うんうん。お姉さんも問題ないかな」

「そうね。というか、とっくにあんたの毒牙《どくが》にやられた仲間だと思ってたわよ？」

リリ、フィオラン、マルリアは快諾《かいだく》してくれた……が、毒牙ってなんだよ。毒牙って。

俺、何もしてないよな？

断固拒否！　とか、代わりにやめる！　とか言われるよりいいんだけどさ。

「それでだ。今回の任務の内容を二人に話していいか、みんなの意見が聞きたい」

俺が聞くと、すぐさまリリが答える。

「えっとえっと、アルト様は大丈夫だと判断されたんですよね？」

「一応な。鑑定もした」

「でしたら、大丈夫です！」

他のメンバーにも視線を向けたが、反対の声は上がらない。

みんな、俺のことを信用しすぎじゃないだろうか？　詐欺師《さぎし》に騙《だま》されないか心配だ。

「儲け話を持ちかけられたら、俺に相談しろよ？　まともな話なのか、鑑定するからな？」

半分冗談で、半分本気。

そんな俺の言葉に、マルリアが身を乗り出した。

「何よ？　儲け話も鑑定できるの？」

「一応な。相手が本音を話しているのか、嘘をついているのか。そのくらいなら分かるからな」

そんな俺の言葉に、マルリアは何度目とも知れない溜め息をつく。

「ほんとに、相変わらずのデタラメ性能よね。そんなことより、二人に報告した方がいいんじゃないの？　待たせっぱなしも悪いわよ？」

「あー、うん。そうだな」

俺は彼女に言われた通り、二人を呼び寄せる。

「俺らとしては、二人を部下にすることに関しては問題ない。だけど、俺たちは今厄介なことに巻き込まれているんだ。そんな現状について聞いてから、それでも部下になりたいか二人に判断してほしい」

『女王様の依頼を受けたこと』『訓練校の内部に潜入した敵に、狙われていること』『ストーカーらしき女性を見かけたこと』を順序立てて、俺は二人に話した。

しかしそれでも二人の出した答えは変わらなかった。

3　新たな部下

「なんだと⁉　それは誠か⁉」

王国の執務室に、国王の怒鳴り声が響《ひび》く。

それに対して、報告書を持ち込んだ宰相《さいしょう》がハキハキと答える。

「はい。詳細は分かりませんが、帝国に送り込んだ部隊が全滅したのは間違いないと思われます」

国王はアルトの優秀さを遅まきながら知り、平民であるからという理由で彼を使い潰そうとした元上司であるところのアンメリザと、第四王子であるミルカにアルトを取り返してくるよう命じていた。

しかし結果は失敗、である。

――自分で自分の尻を拭《ぬぐ》うことすらままならないのか！　アイツは‼

そう思いながら国王はどうにか激情を抑え、宰相に視線を向ける。

「まぁいい、まずは報告を全て聞こう。座れ」

「承知いたしました。失礼します」

国王と向かい合う形で宰相が席に着き、紙の束を机の上に広げる。

宰相も背後に控える部下も、あまり寝ていないのだろう。

全員の目元に、大きな隈《くま》ができているのが見て取れた。

「帝国へ潜入する部隊に暗殺者を組み込んでいたのは、陛下もご存じだと思います。その者たちとの連絡も途絶えています」

宰相の言葉に、国王は鋭い視線を向ける。

「王国内の暗殺者の中でも実力者を送り込んだと聞いていたが？」

「その認識で間違いありません。ですが、おそらくはその全員が殺されてしまったのだと思われます」

そんな宰相の言葉を聞きながら、国王は机の上の紙を眺《なが》める。

宰相が広げた紙の束は、その暗殺者たちが送ってきた報告書だ。

定時連絡と潜入の状況報告、作戦の最中で行方をくらませたミルカの様子も細かく書かれている。

それらが、五日前の連絡を最後に途絶えていた。

「暗殺実行の前日か……」

——これが通常の任務であれば、計画が漏れて返り討ちにあったと考えるべきなのだが、相手は無能の第四王子だ。返り討ちにできるだけの能力がないのは無論、『平民でも命は平等だ』などという男が、命の危機に直面した時に適切な反撃などできやしないだろう。

そう判断する国王に、宰相が何かを手渡す。

「それと、こちらを」

そう言って宰相が差し出してきたのは、何度も折り畳まれた跡が残る小さな紙。

記された文字は走り書きだったのが一目で分かるほどに雑だ。

『帝国が我が国の兵七十一名を捕縛し、一名の亡骸を回収したという情報を掴んだ。また、若い男が〈鬼殺しの英雄〉と呼ばれ始めた模様。調査を続行する』

「これは？」

国王に対して、宰相が答える。

「別件で潜入させていた者が寄越《よこ》してきました。本件と関わりが深いように思われたため取り急ぎ共有したく、清書されていませんが、こうして持ち込ませていただきました」

「鑑定士を回収するために送り込んだ兵士の数は？」

「暗殺者を含め七十一名。男爵、王子、メイドを含めますと七十四名です」

「つまり敵の手に渡ったのは、七十二名か。残る二人の詳細は分からんのだな？」

「はい。こちらに報告が入ってきていないので、なんとも」

「部隊の中にいる貴族は、アンメリザとミルカだけだったな？」

「はい。その二人だけです」

身分の高い者は優秀だという王国の思想通りに、国王は断定する。

「であれば、見つかっておらぬのは、あやつらだろう。無能とはいえ、仮にも貴族だ。捕まる前に二人だけ逃げ出したが、我が国への連絡手段をなくした。そんなところか」

「その可能性がもっとも高いかと」

ふむ、と国王は顎に手を当てる。

精鋭の暗殺者を失ったのは痛いが、邪魔者が二人消えたと考えれば、さほど悪くない結果ではないかと思ったのである。

実状はアンメリザが死に、ミルカとルメルが亡命しているわけだが、国王にそれを知る手だてはない。

「ところで」と国王は切り出す。

「〈鬼殺しの英雄〉というのは何の話だ？　本件に関わりがあるとは思えないが？」

「あくまで私の予想にはなりますが、我が国の兵士が帝都深くまで侵入した事実を隠すために、帝国は今回の一件を『得体の知れぬ鬼によって被害が出た』ということにしたのでしょう。とはいえまったく功績を上げていない者を祭り上げるわけにはいかないでしょうから、兵を確保した中心人物を〈鬼殺しの英雄〉と呼称しているのかと存じます」

「なるほど、そういう話か」

――平民しかいない国だけあって、愚民の感情を抑制するのに無駄な労力を使っているようだな。

王族や貴族がいて、それに問答無用で従わせる我が国のようなシステムがあれば、そんな面倒なことをせずともゴリ押しできるのに、本当にバカな国だ。

　そう内心で帝国をバカにしながら、国王は聞く。

「して、そいつに関する情報も不明か？」

「いえ、その男に関しては、別の筋から情報が入ってきております。どうやらその若い男というのは、回収予定であった我が国の鑑定士である可能性が高いようです」

「……ほぉ？　それは誠か？」

「はい。色々なルートから同様の情報が入ってきているので、確かかと」

　国王はそれを聞いて少し考え込むと、口を開く。

「鑑定によってこちらの本拠地がバレて奇襲を受けたと考えると合点がいく、か」

「「「!!」」」

　宰相だけでなく、背後にいた部下たちも大きく目を見開いた。

　貴族を中心に編制された王国の暗殺者が、平民のせいで壊滅させられたなど、貴族が優秀だと信じてやまない王国民にはおよそ受け入れがたい話だ。それは国王にとっても同じこと。

「もしかすると、前提が違ったのではないか。たかが平民の鑑定士が、一日に千もの鑑定を行えると思うか？」

　そう問う国王に、宰相は答える。

「いえ。常識に当てはめて考えると、あり得ない話かと」

すると国王はもったいぶるように少し間を空けて、口を開く。

「その鑑定士が実は貴族だったという可能性は、考えられぬか？」

「「「!!」」」

本妻に隠れて子を作り、平民として育てる――隠し子の存在など、ありふれた話だ。

国王は続ける。

「魔力量から考えて、親は魔法系の家であろう。当人すら自分が貴族だと知らなかったのだろうな」

――そう考えると、今回の失敗も腑《ふ》に落ちる。だが、鑑定魔法だけで暗殺者の存在に気付くのも不可能。

そう考えた国王は、再び問う。

「その鑑定士の周囲に、貴族らしき者はおらぬのか？」

「優秀な弓士と、魔法使いらしき者が常に側にいると報告が上がっております」

「その二人も、おそらくは我が国の貴族だな」

類は友を呼ぶ。優秀だが不遇な扱いを受けた隠し子たちが結託《けったく》し、隣国へと逃げたのではないかと国王は推測した。

「貴族が固まって動いているとなると、こちらも本気で構える必要がある！　まずは、慎重に情報を集めよ！　接触はそのあとだ！　よいな!?」

「陛下のお心のままに！」

宰相は床に頭を擦り付けながら、両手を前に投げ出して、手のひらを上に向ける。

——相変わらず、下等貴族に相応しい無様な姿だ。

国王がそう思っていると、慌ただしい足音と共に入口の扉が開いた。

現れたのは、顔を青くした伝令係。

「緊急事態につきいきなりで申し訳ありません！　派遣中の兵から『ヤベールの街から住民の半数以上が消え、盗賊などの根城になっている』との報告が入りました！」

「なんだと!?」

素《す》っ頓狂《とんきょう》な国王のそんな声を皮切りに、部屋にいた面々は忙《せわ》しなく動き出すのだった。

☆★☆★☆

ミルカとルメルさんが仲間になることが決まってから、俺——アルトはみんなに女王様から大金を貰ったことを話した。

すると、ルメルさんとミルカがこう提案してくれた。

『林の中でバーベキューをするのはいかがでしょう？』

『うん！　ボクもそれがいいと思う！』

それにリリたちも快く賛成してくれたので、ミルカたちの歓迎会も兼ねて、バーベキューをすることになったのだ。

ちなみに、２５０万エンは確かに高額だが、依頼主が国のトップである女王様だと考えると、間違って入金されたなんてことはないだろうとリリが言っていた。なので、ありがたく使わせてもらうことにした。

「だったら、みんなで買い出しだな！　２５０万エンを使い切るぜ！」

俺のそんな意気込みも空《むな》しく、結果は30万エンも使えずに撤退。

……宝石のような肉の塊を買ってきたのに、だ。

なんなら店頭に並んでいる肉を全て買ったとしても、余裕でお釣りがきただろうから、２５０万エンを使い切るなど、土台無理な話だったということである。

そうしてひとまず買い出しが終わり、荷物を置いたところでフィオランが口を開く。

「火起こしはお姉さんに任せてね！　冒険者時代に、唯一褒められた特技なんだー！」

「私は野菜の準備をします！　お肉は、どうしますか？」

そんなリリの言葉に、ルメルさんが挙手する。

「これだけの上物ですから、食べる直前に切るのがよいかと思われます。お肉の調理でしたら私が」

「せっかくだから、女の子みんなで準備をしようよ！　お兄さんにボクたちの女子力を見せ付けてあげる！」

そんなミルカの提案に女子全員が賛成したので、女子たちはバーベキューの準備を、俺は部屋に戻って周囲の警戒を、マイロくんはベッドで瞑想の続きをすることに。

女の子の部分には深く触れまい。


「ミルカ様。主様を可愛らしくお呼びいただけますか？」

「うん！　お兄さーん！　見に来てー！」

遠くからそんなルメルさんとミルカの声が聞こえてきたので、俺はソファーから立ち上がる。

窓を開けて外を見ると、ミルカが飛び跳ねながら手を振っていた。

もう片方の手に持っているのは、紙皿と箸《はし》だ。

「いいですね。声も仕草も最高です。主様にも、今の可愛らしい仕草を覚えていただかなければいけませんね」

ルメルさんの怖い台詞は、聞き流すことにしよう。

ミルカの周囲にはリリやフィオランの姿もあって、みんな楽しそうだ。

マイロくんは集中しているようなので、ひとまず俺が様子を見に行き、準備ができているようなら呼びに戻るか、なんて思いながら俺は林へと向かう。

バーベキューコンロの中で、炭が静かに燃えるぱちぱちという音が鳴っている。

その側にはテーブルが広げてあり、木の枝に吊《つる》されたランプが、周囲を明るく照らしていた。

木製の大皿の上に宝石のような肉の塊がそのまま置かれており、色とりどりの野菜たちも串に刺さった状態で載せられている。

野菜の切り方や盛り付けに関してはきっと、ルメルさんが助言をしたのだろう。

「見ているだけで涎《よだれ》が出そうです。肉はあえてカットしていないんですよね？」

「これだけ立派なお肉ですので、まず目で見て楽しんでいただきたいな、と。焼く直前に目の前でお肉を切り分ける予定ですが、それで場が盛り上がるという狙いもあります」

味の前に目を楽しませる——そんなアイデアは、俺たち庶民にはないから新鮮だ。

さすがは本職のメイド様。食事だって娯楽《ごらく》にしてしまうのか。

「……すごいな」

俺のそんな呟きを聞いて、ミルカは嬉しそうに胸を張った。

「でしょでしょ！　みんなで頑張ったんだー！　偉いでしょ！」

ミルカだけでなく、リリもフィオランもマルリアも誇らしげだ。

そこで、ルメルさんは言う。

「それでは、最後の仕上げをしてまいります。主様は、マイロ様を呼んできてもらえますか？」

「了解。それじゃあ、行ってくるよ」

大きく手を振る女性陣に見送られて、俺は再度部屋に戻る。

それにしても、マイロくんの瞑想も板についてきたよな、なんて思いながら部屋に入り、ベッドに目を向けた。

すると、何やら嫌な気配を感じる。

「っ――!!」

鑑定を使うと、ベッドに座りながら瞑想を続けるマイロくんの周りを紫色の霧《きり》が覆っているのが見える。

マイロくんの表情は穏やかで、呼吸も静かだが、どう考えても普通じゃない。

――いったい何が起こっているんだ!?

戸惑いながら、より多くの魔力を使って鑑定を発動するも、魔力を吸われる感覚がした。

「くそっ！　やはりあれなのか！」

あれというのは、マイロくんの体内に巣食う魔力を吸い込む謎の物体のことだ。

かつては心臓と左足の中間――大腸か小腸がある辺りにあっただけだった。

だが、今はそれがマイロくんの体を覆っている。

「改善していると思っていたが、違ったのか！」

最近は発作もなく、落ち着いていると思い込んでいた。

自分の迂《う》闊《かつ》さに腹が立つが、対処法は分かっている。

魔力を吸収されない場所に魔力を注ぎ込み、何かに吸い取られている分の魔力を補充することで、以前は症状が改善していたのだ。

――そうと決まれば、早速鑑定で魔力を注ぎ込める場所を探す！

そう意気込んでいると、マイロくんが声を上げる。

「アルトさん？　どうかしましたか？　あれってなんですか？」

マイロくんは俺の顔を不思議そうに見ていた。

嫌な気配はしない。再度鑑定で見ると、紫色の霧は消えている。

魔力が吸われる感覚もない。

かつて発作が起きていた時に鑑定したら、魔力量の値がマイナスだったが、それもない。

念のためさらに深く鑑定を使い、マイロくんのステータスを見たが、数値も正常だ。

「どこか痛かったり、気持ち悪かったりは？」

俺の問いに、マイロくんは不思議そうな顔で首を横に振る。

「いえ、特には……」

表情も普段通りだ。

状況は何一つ分からないが、緊急を要する事態ではないのか？

「瞑想中にいつもと違う感覚を覚えなかったか？」

「いつもと違う感覚ですか？　なんとなくですが……体の中にある魔力を吸う何かに、意識を向けられるようになってきた気がします」

「……なるほど」

俺は考え込む。

状態が改善しているのか、悪化しているのか……

マイロくんの感覚が瞑想によって成長しているとも見られるが、反対に何かが育っているから感知できたという可能性だってあるわけだ。

マイロくんは黙ってしまった俺を見て不安そうな表情を作る。

「何かあったんですか？」

「いや、そういうわけじゃないんだけどさ」

——本人に伝えるか？

迷うが、何も分かっていない中で現状を伝えるだけでは、不安を与えるだけだろう。

不安を煽ることで、悪影響《あくえいきょう》を及ぼす可能性だってある。

「……ずっと瞑想を頑張ってたから、体調を崩していないかなって思っただけだよ」

何かについて知り、対策を講じるのは鑑定士である俺の役目だ。

相手を不安にさせるだけでは、鑑定士失格だろう。

そう考えた俺は、結局マイロくんに現状を伝えないことを選んだ。

「元気ならいいんだ。行こうか」

そう口にしてマイロくんの手を握り、再度林の方に向かうのだった。

バーベキュー会場の近くまで行くと、リリが俺たちに気付いて声をかけてくる。

「アルト様！　お席はこちらです！　お座りください！」

「あっ、うん。ありがとう」

「どういたしまして！」

リリが引いてくれた椅子に座って、正面にあるバーベキューコンロと宝石のようなお肉に目を向ける。

「改めて見るとすごいな、リリ――」

リリに話を振ろうと振り返ると、ルメルさんがリリの頭を撫でていた。

「リリ様、今の笑顔は非常に良かったですよ」

「本当ですか⁉」

「はい。主様は可愛らしい女性を好む傾向にあります。今のような可愛らしい振る舞いを心がけましょう」

「分かりました！　ありがとうございます！」

勢いよく礼をして顔を上げたリリは、本当に嬉しそうな笑みを浮かべている。

これは、あれか？　リリがルメルさんに弟子入りしたってことでいいのか？

……っていうか、俺が可愛らしい女性が好きってなんですか？

いやまぁ、楽しそうにしている子を見ているとこっちまで楽しい気分になるので、好ましいのは間違いないんだけどさ。表現に語弊《ごへい》があるというか、なんというか。

複雑な思いを抱く俺には目もくれず、ルメルさんは続ける。

「格式が求められる場は、私とミルカ様が主様と共に赴《おもむ》きますから、問題ありません。リリ様は、主様が見ていて素敵だと思われる女性になるために努力していただくのが一番良いかと」

「アルト様に素敵だと思われる……！　分かりました！　頑張ります！」

とんとん拍子に話が進むが、これはどうしたらいいんだ？

部下としての心構えの話をしているのだろうが、なんだかそれほどまで気遣われるとこそばゆくはある。

……いや待て、それより大事なことを言っていなかったか？

元本物の王子であるミルカやその側近であるルメルさんと、今後格式が求められる場に行くことを想定されていたような……嫌だ。絶対に行きたくない。

げんなりしている俺に気付いたミルカが、声をかけてくる。

「お兄さん、大丈夫？　何か心配事？　あ、分かった！　心配しなくても大丈夫だよ？　ボク、メイド服も似合うよ？」

「……ああ。それはよかったよ」

それに関しては、何一つ心配してないです。大丈夫です。はい。

それより俺は何を考えていると思われていたんだろう。ミルカの中で俺がどんなキャラになっているのかって方が心配だ。いや、怖いから詳しくは聞かないけど。

とりあえず、話の流れを戻すか。

このまま放置していると、危険な方向に突き進む気しかしない。

「で、そろそろ始めるのか？　正直、美味しそうな御馳走《ごちそう》が目の前にあるせいで、お腹が空《す》いて仕方がないんだが」

すると、後ろにいたルメルさんが俺の前に移動して、優雅に一礼する。

「お待たせしてしまい、申し訳ありません。ではそろそろ始めましょうか。差し支えなければ、リリ様とマルリア様、ミルカ様、私の四人で、調理を担当させていただこうと思っておりますが、問題ありませんか？」

……あれ？　自称お姉さんが調理担当からしれっと外されている？

俺は自称お姉さん――フィオランに視線を移す。

フィオランの手には夥《おびただ》しい数の絆創膏《ばんそうこう》が貼られている。

事態は分かった。スルーでいこう。

「……分かりました。お任せします」

すると、少し言いにくそうに口ごもってから、ルメルさんは切り出す。

「それと……申し訳ありませんが、私に対してもリリ様たちと同じように話していただくことは可能でしょうか？」

「どういう意味ですか？」

「敬語をやめていただきたく存じます。この国は、貴族主義ではなく、年功序列の風習もないと聞いています。アルト様は私にとって実力のある主様でございます。ですから、それに相応しい話し方で接していただきたいのです」

なるほど、そう考えると確かに敬語を使う方が失礼ってもんか。

俺は頷く。

「分かった。こんな感じで大丈夫か？」

「はい。主様のお心遣いに感謝申し上げます」

とはいえ実力に関して言えば、ルメルさんもメイドとして、かなり優秀に見える。デキる大人の女性って感じだ。

男の娘愛を発動している場面を除けば、だけど。

そんな女性に対して敬語を使わないことに些《いささ》かの抵抗はあるものの、この国では実力者が実力者らしく振る舞うことが礼儀とされている節があるから、慣れなければ。

しかし、ルメルさんが敬語をやめてほしい理由はそれだけではないようで——

「実は、もう一つ理由がありまして。こちらは甘ったるい理由だと一笑に付していただいても構いません。敬語で話しかけられると、貴族たちの喋り方を思い出して、どうしても身構えてしまうのです。ミスをしたら殺されてしまうのではないか、と」

「そういうことか。その感覚は、俺にも覚えがある」

王国では、何が処刑に繋がるか分からない。

王子であるミルカが住んでいた場所なんて、貴族しかいない世界だろうし。

俺が敬語で接することで、それを思い出してしまうのであれば確かにやめるべきだな。

王国の感覚が体に染みついてしまっている辛さは、痛いほど分かる。

この国に来た直後なら尚更だろう。

「分かった。だけど、呼び方はそのままルメルさんでもいいかな。呼び方を変えるのはちょっと抵抗があってさ」

「承知いたしました。寛大な処置に感謝します」

こうして話がまとまったところで、ルメルさんは「さて」と言いながら腕まくりをする。

「それでは、始めましょうか！」

ルメルさんは慣れた手つきで包丁を握り、刃を肉の塊に添える。

そして軽く押し当てて、ゆっくりと下に下ろしていく。

まるで紙でも切っているのかと思うほどの抵抗のなさで、包丁が下まで通る。

ルメルさんは包丁を置き、その断面を俺らの方に向けた。

「わぁ……！」

「すっごく美味しそう！」

「そうね。悪くないんじゃない？」

リリ、フィオラン、マルリアがそれぞれ歓喜の声を上げる。

俺も感動のあまり言葉を発せなかっただけで、内心は狂喜乱舞だ。

だって、見えた肉の断面が、あまりにも綺麗すぎる。一目見ただけで完敗だ。

さすがは20万エンを超える超高級肉。俺たちのような庶民はそうそうお目にかかれない代物《しろもの》だ。

この肉をこれから食べられるという現実に、ワクワクが止まらない！

「せっかくの機会ですので、初めは皆様でお召し上がりいただければと思います」

「「「……」」」

俺とリリ、フィオランとマルリア、そしてマイロくんは顔を見合わせて、無言で席に着く。

ミルカは犬耳を使って周囲を警戒しながら、俺たちを見守ってくれるつもりらしい。

元王族であったミルカであればこれくらい上等な肉を食べる機会もあったろうから、初めの一口は譲ってあげようという配慮かな。

ルメルさんは手際よく肉を食べやすい大きさに切り分け、バーベキューコンロの上に載せていく。

聞こえてくるのは、肉が焼ける音と、脂《あぶら》が網《あみ》の下にしたたり落ちる音。

「あー、やばいな、これ……」

鼻孔《びこう》をくすぐる上質な肉の香りに、俺の思考力は死んだ。

聞いているだけで幸せになれる音を聞き、匂いを嗅《か》げば、心が奪われる。

これが、高級肉の力か……

いやはや、食べてしまったらどうなることやら。

「いい香りがしますね！」

リリの言葉に、俺は首を大きく縦に振る。

「みんなが頑張ってくれたおかげだな」

バーベキューの準備もそうだけど、俺の編入試験から始まり、蛇、狼、異形の退治。

彼女たちには本当に助けられてばかりだ。

この場にいられることを、本当に幸せに思う。

「お待たせしました。最初は軽く塩を振ってお召し上がりください」

ルメルさんが並べてくれたお肉を前に、みんなで顔を見合わせてから箸を伸ばす。

ごくりと誰かの喉が鳴った気がしたが、誰の音かなんて分かるはずもない。なんなら全員の可能性すらある。

俺らは慎重に肉を口元に運び、同時に口に放り込んだ。

「……美味いな」

美味い！　ほんとに美味い！

幸福の味がする。

噛む前から美味いのに、噛めば噛むほど上質な脂が口いっぱいに広がり、これでもかと旨味を主張してくる。

そう思っていると、隣からすすり泣く声がした。

見ればリリとフィオランが涙ぐんでいる。

「アルト様の部下になれて、本当に、良かったです」

「お姉さんもね、すっごく幸せな毎日だなって、改めて思うの。アルトくんに見つけてもらうまでは、何も食べられない日もあったのにね」

――それを言うなら、俺もだ。

王国では鑑定の仕事に追われる毎日で、まともな飯なんて食べた記憶がない。

それが、みんなで美味しいものを食べられるようになるなんてな。

「何よ、あんたたち。このくらいで泣くなんて、貧乏くさいじゃない。せめて、ドラゴンのステーキを食べられるようになってからにしなさいよね」

憎まれ口を叩くマルリアも、俺たちに背を向けて、目元を拭っている。

マイロくんは、そんな姉の手をぎゅっと握りながら、幸せそうに微笑んでいる。

俺はみんなを見ながら、本当にこの国に来てよかったと改めて思うのだった。

4　高級焼肉の破壊力

「このお野菜の上に、お肉を載せて食べるんですか？」

そう尋ねたリリに、ルメルさんは頷く。

「その通りです。載せるというより、巻いた方が良いかもしれませんが」

「なるほど！　……わ！　この食べ方も美味しいですね！」

それを見ながら、俺は喉を鳴らす。

バーベキューを始めてから、二十分が経った。

最初こそルメルさんだけが調理をしたが、それ以降はフィオラン以外の女子（？）がアシスタントに加わっている。

俺はただ出されたものを食べているだけ、なのだが……

「アルト様！　このお野菜、すっごく美味しいです！　今から皆様の分もご用意いたしますね！」

アシスタントたちは一足先に料理を試食できるという役得がある。

いや、大変助かるのは助かるのだ。待たされる時間もそう長くない。しかし、俺にリリ並みの調理技術があれば、ルメルさんのアシスタントになれたのに！　なんて思ってしまうのは仕方のないことだろう。

幸せそうな笑顔のままリリは手早く野菜を切り分けると、大皿に盛り、その上に肉を載せ、タレをかけた。そして、俺らの前に運んでくれる。

美味しい肉×美味しい野菜。美味しくないわけがない！

だが、まだ手を伸ばしてはならない。どうやら仕上げにその場で挽《ひ》いたスパイスをかけるのがミソらしい。

「シャキシャキで、じゅわーで、うふふです！」

リリの語彙力が消失している。だが、美味しいことだけは伝わる。

リリが踊るような動きでスパイスをかけてくれて、ようやく完成だ。

俺はゴクリと唾を呑んだ。

――そんな時、白くて細い手が、皿の上に伸ばされた。

「お姉さんが一番乗り！　……んー！　ふー!!」

フィオランは両手で両頬を押さえ、幸せそうに体をくねらせる。

――くっ！　先を越された！

なんて思っていると、マルリアががま口のポシェットを開く。そして小さなハンカチを取り出して、フィオランの口元に押し当てた。

「タレで服が汚れるじゃない！　子供じゃないんだから落ち着いて食べなさいよね！」

「あ、うん。ごめんねー、マルリアちゃん……だいすきーー!!」

「――きゃっ！　抱き付くんじゃないわよ、この変態！」

うん。中々にカオスだ。

ともあれ今のところ被害はマルリアが体を張って食い止めているし、気にしなくても大丈夫か。

にしても、「子供じゃないんだから落ち着いて食べなさい」か。俺もがっつきすぎないようにしなければ。

俺は逸る気持ちを抑え、皿に手を伸ばす。

……いや、肉の野菜包み、うーまっ！　美味しすぎだろ、これ！

いかんいかん、あまりにもテンションが上がりすぎてしまった。表情が緩み切っていた気がする。

俺は気恥ずかしさを誤魔化すように咳ばらいをして、今しがた口の中のものを呑み込んだミルカに聞く。

「ミルカ。周囲に異変は？」

「んー。木の葉が揺れる音だけ。異変はないよー」

「そっか。それは良かった」

俺も念のため鑑定を使うが、周囲に人間はいないようだし、おかしなところはなさそうだ。

良かったと安心するべきなのか、まだ潜入者が馬脚《ばきゃく》を露《あらわ》さないことに落ち込むべきなのか。

この林にはあまり訓練校の人間は立ち入らない。そんなところで無防備に食事をしていたら、もしかしたら何か敵が仕掛けてくるのではないか……なんていう狙いがないでもなかったが、ハズレだったな。

まぁ、ゆったり食事できただけよしとしよう。

それにしても、ミルカがいてくれるのは本当に助かる。

ミルカの耳の方が俺の鑑定より音の探知能力は高いからな。

平民組が騒がしくして申し訳ないが、ミルカには引き続き周囲の警戒に励んでほしい。

そう思っていると——

「っ……！」

マルリアに抱き付いていたフィオランが、背中に背負っていた弓を構えつつ振り向いた。

真剣な眼差しを雑木林の奥に向け、静かに矢を番《つが》える。

俺も慌てて魔力を向けたが、返ってくるのは草や木の鑑定結果ばかり。

和やかな空気が一転し、緊張が張り詰める。

ミルカに視線を向けたが、無言で首を横に振った。

フィオランが大きく息を吐き、弓を持つ手を下げる。

「視線を感じたんだけど、逃げられたみたい」

「「「!!」」」

事態を察知していなかったリリ、マルリア、マイロくん、ルメルさんは驚愕の表情を浮かべた。

もう一度鑑定を使うが、おかしな反応は返ってこなかった。

「感じたのは視線だけか？　殺気とかは？」

「んー、なかったと思うよ？　見られてるかな～？　って気がして」

「そうか……」

見られている、か。

「念のために聞くが、フィオラン以外に気付いた人は？」

ミルカやマイロくんを中心に一人一人の顔を見回したが、声を上げる者はいない。

音に関してはミルカが、魔力に関しては俺が感じ取れる。

最近では、マイロくんも魔力を見ることができるようになってきた。

そんな中で、フィオランだけが視線を感じたのか。

赤髪の少女に放った魔力は体をすり抜けたので、相手は鑑定できない敵だろう。さらに、中距離の間合いまでなら完璧に音を拾えるミルカが察知できなかったことから考えるに――

「敵は、遠距離攻撃が得意な可能性が高いな」

遠距離攻撃は、敵の気配を察知した上で動きを予想する能力がないと当てられない。

フィオランは弓術の素質が抜群に高い。それはつまり、気配察知の素質も高いことを意味している。

そのフィオランしか気付けなかったということは、遠距離の間合いにいたということ。

だとすると、潜伏者は遠くからこちらの動きを把握できる者——フィオラン同様、遠距離の間合いを得意としている者か。

「林の中であれば、木の上を移動していたとて音で分かるし、鑑定もあれば敵の存在に気付けると思っていたんだが……甘かったな。フィオラン、敵が襲ってきそうな気配はないか、念のためもう一度確認してくれないか。ついでに視線以外に、怪しい気配がないかも探ってほしい」

「んー、ちょっと待ってね。もう一回、お姉さんが確認してみるね」

フィオランはそう言うと、矢は番えずに弓を握り直し、大きく息を吸い込んで目を閉じる。

そして静かに呼吸を続けて数秒後、ゆっくりと目を開けた。

「大丈夫みたい。今は何も感じないよ」

「そうか。それなら良かった」

そう口にしたものの、残念ではある。ここで潜入者を捕らえられれば大きかったのに、と思ってしまう。

しかし、相手もそれだけ慎重なのだろう。

こちらが気付いたことに相手も気付き、監視を諦めて逃げたということなのだから。

慎重かつ、こちらが気付いたことを即座に察知できるほどの実力者、か。

俺は言う。

「ルメルさん。残りを早めに焼き上げてもらってもいいかな？　すぐに襲ってくることはないと思うけど、万が一を考えて、部屋に戻った方がいいと思う」

「そうですね。畏まりました。ただ、もうお食事は充分でしょう。残りのお肉は、また日を改めて使う方がよろしいかと」

「……あー、まぁ、確かに」

俺もお腹は大分満たされているし、みんなも満足げだ。

肉の塊も、最初の二割程度しか残っていない。

あまりにも美味しくて、みんなで奪い合うように食べていたからな。

俺は改めてみんなに向けて言う。

「みんな！　片付けて撤収しよう。フィオランはそのまま警戒を続けてほしい。大丈夫か？」

「もっちろん！　お姉さんにお任せあれー！」

そう言って胸を叩いたフィオランが、背負いかけていた弓を今一度構え直す。

その横で指示するまでもなく、犬耳をしきりに動かしているミルカを見て、俺もできる限りの索敵をしながら撤収作業に入る。

燃えていた炭に砂をかけてから、水を張ったバケツに放り込む。

「ルメルさん、こんな感じで大丈夫そうか？」

「はい。問題ないでしょう」

それにしても、屋外で食べる高級焼肉は本当に美味しかった。

今後も頻繁《ひんぱん》にやりたいくらいだ。

そんなことを思いながらバケツを持ち上げていると、遠くからルメルさんの声がする。

「来た時よりも美しく。それがメイドの基本。可愛さの基本です」

それに対して、リリが元気に返す。

「はい！　可愛く片付けます！」

今さっきまでここにいたはずなのに、もうリリを指導しに行っていたのか……さすができるメイド。

そんなこんなで食材に関しては、ルメルさんとリリ、ゴミの処分はマルリアとマイロくん、俺は周囲の鑑定を続けながら火の後始末という分担で片付けを進める。

そして十分ほどして、あらかた片付け終わったタイミングで、俺はフィオランとミルカの元へ。

「二人とも、問題はなさそうか？」

「うん。お姉さんの方は全然。ミルカちゃんは？」

「なーんにも聞こえないよ？」

二人とも、申し訳なさそうに首を横に振る。

フィオランは弓をテーブルに置いて、「ん～……」と伸びをしながら言う。

「索敵って疲れるね。お姉さんが思ってた百倍は大変」

恥ずかしそうに笑いながら、肩を回して、腕の筋肉を解《ほぐ》すフィオラン。

それから深呼吸をして、額の汗を拭った。

「アルトくんって、こんな感じのことをずっとしてるんでしょ？　改めてすごいなーって思うよね」

口調こそ明るいが、フィオランの顔には疲労の色が滲《にじ》んでいる。

素敵をするためには気を張り続けていなければならない。

気を張り続ける生活を送っていた俺はまだしも、慣れていないフィオランが疲れるのは当然である。

「いやいや、慣れだよ。本当に申し訳ないんだが、もう少しで片付けも終わるから、最後の一踏ん張り、頼むよ。部屋に戻ったら肩のマッサージでもするからさ」

アフターケアはするから、どうにか頑張ってもらいたい。

そう思っての俺の発言だったのだが、どうやら効果は覿面《てきめん》だったようで、フィオランは目をキラキラ輝かせる。

「ホントに!?　あのね、あのね！　せっかくだから、もうちょっとリクエストしていい!?」

「え？　あ、あぁ。聞くだけなら」

あまりの変化に、理解が追い付かないんだが？　リクエスト？

「リリちゃんに紅茶を淹れてもらって、アルトくんに肩を揉んでもらいながら、マルリアちゃんを抱き締めたい！　そんなご褒美が貰えるなら、三日三晩寝なくても頑張れる！」

「まぁ、それくらいなら」

「やった！　お姉さんに任せて!!」

リリ、マルリア、巻き込んですまん。

だが、フィオランには本当に頑張ってもらう必要があるからな。

今回は相手が遠距離型である以上、フィオランの働きはかなり大事だ。

……とは思うがこの自称お姉さん、自分の欲望に忠実すぎるな、なんて思わなくもないけど。

そんなことを考えていると、この話を耳聡《みみざと》く聞いていたらしいマルリアが割り込んでくる。

「ちょっと待ちなさいよ！　なんで私が、変態に抱き締められなきゃいけないのよ!?」

「うん、まあ、それはそうなんだけど……」

俺は口ごもることしかできない。

フィオランが疲れているのは、演技じゃないからな……

そうは言っても、疲れているのはフィオランだけじゃないのか。

「マルリアは？　何か欲しいご褒美とかないか？」

俺がそう聞くと、マルリアは疑わしげな目線をこちらに向けてくる。

俺が何かを企んでいるとでも考えているのだろうか。

「……何よ、突然」

「いや、日頃からお世話になっているなと思ってさ」

上司らしいことなんて、何もできていないし、何かできることがあるならしてやりたいと、本気で思っている。

「リリもマイロくんも、俺ができそうなことなら、なんでもするからさ。希望を言ってくれるか？」

「「――なんでも!?」」

マルリアとリリの声がハモった。

「俺ができそうなことなら……」

俺が語勢を弱めると、あまりに勢いよく食いついてしまったことを恥じたのだろう、マルリアとリリは慌てて顔を背ける。

二人とも首筋が真っ赤になっているように見えるが……俺、やばいことでも言った？

すると、ルメルさんはうんうん頷きながら言う。

「主様は、やってしまわれましたね」

「……え？」

俺は首を傾げながら、周りを見回す。

ミルカもルメルさん同様、愉快そうに笑っている。マイロくんは、話題についていけてない様子だが。

すると、フィオランが俺の手を力強く握り締めてきた。

「アルトくん！　お姉さんが最初に言ったご褒美は撤回で！」

「ん……？」

「なんでもしてくれるのなら、お姉さん、もっと頑張るね！」

ふんす！　といった感じで、フィオランは弓を手に取り、気配探知に戻る。

……なんだか目つきが、キラキラってよりギラギラしているんだが。

「……よろしくお願いします」

俺は少し考えたが、それしか言えなかった。

「今のお姉さんなら、ドラゴンでも倒せそう！」

フィオランのヤツ、どんな要求をしてくるつもりだ？

早めに聞いておきたいような。聞きたくないような。

そう思っていると、ルメルさんが、俺の方を向いて目を輝かせた。

「主様。ご褒美はもちろん、配下全員がいただける機会があるかと存じているのですが、どのくらいの功績があればよいのでしょうか？」

「え？　あー、えー、それは……」

参ったな。簡単な気持ちで言ったのに大事《おおごと》になってしまったぞ。

断りたいが、ルメルさんの視線の圧が強い。

「それは!?　それは、なんですか!?」

目をギラギラさせて、はぁはぁ言いながら、ルメルさんが近付いてくる。

ルメルさんからもフィオランに似た恐怖を感じる。

まぁ、平等って考えるなら――

「リリたちと同じくらい頑張ってくれたら、かな」

「承知いたしました！　私にとっては遠い目標ですが、その日を夢見て、主様に似合う洋服や小物を最・大・限！　揃えさせていただきます！」

「……うん。よろしくね」

「はい！　誠心誠意、努めさせていただきます！」

ルメルさんの押しが、男の娘について語っている時と同じくらい強い。

普段よりも、口がよく回っているように見える。

あれ、洋服や小物ってもしかして……？

「ところで、俺に似合うものって――」

「はい！　その日が楽しみです！　ミルカ様と主様の夢のコラボレーション！　あんなポーズやこんなポーズまで！　……ふへへ」

これはたぶんあれだ。深く考えたらダメなヤツだ。本能がそう訴えている。

「う、うん。頑張ってね」

「はい！」

俺は何も気付かなかった。俺は何も気付かなかった。俺は何も……

そう自分に言い聞かせながら、バーベキューコンロの解体に没頭する。

集中して作業を進めると、解体はものの二分程度で終わった。

コゲや汚れは、部屋に戻ってから落とせばいい。炭の始末も上出来だ。

顔を上げた俺の視界に、背筋をピンと伸ばして弓を構えるフィオランの姿が入る。

左手は水平に上がっていて、体と顎は正面を向いている。

今のフィオランを見て、弓を始めて数ヶ月の初心者だと思う人はいないはず。

毎日の訓練も欠かすことなく続けているし、本当に強くなってくれた。

だけどやはり、見張りには慣れていないらしい。

腕や肩に余分な力が入っているな。

ほどよく力を抜けばより索敵は上達するだろうが、言われてすぐ実践できたら苦労はないって話か。

そうは思うが、今すぐ改善できる点もある。

「ちょっと思ったんだけどさ。弓、構える必要ないんじゃないか？」

そんな俺の言葉に、フィオランは間の抜けた声を上げる。

「へ……？」

「椅子に座って、リラックスしながらの方がよくないか？」

今後の任務を見据えた、俺なりのアドバイス。

それに対して意外な言葉が返ってくる。

「お姉さんって、弓を持たなくても敵を探せるの？」

構えていた弓を下ろしたフィオランが、不思議そうな顔で俺を見詰めていた。

索敵に弓は不要。いざという時に備え、索敵中は近接武器に持ち替える方が無難だ。

「横で見てて辛そうだなって思っただけで、深く考えたわけじゃないんだけど、普通にその体勢、辛くない？　それとも弓を持ってた方がいい理由があるのか？」

弓の素質Sランクを持つ、フィオランならではの感覚だろうか？

そう思っていると、フィオランがコテリと首を傾げた。

「お姉さんは、弓を持ってなきゃダメなんじゃないの？」

「へ……？」

まあ、確かに。弓を持ってない時のフィオランは、色々とダメだと思う。

だが誰よりも優しくて、仲間のために矢面に立つことをいとわない。そこにいるだけで、周囲の空気を明るくしてくれる。そんないい面だってたくさんある。

仮に弓の才能がなかったとしても、フィオランは決してダメな人間じゃない！　そう口にしようとして、もしかしてフィオランの言葉の意味はそういうことではないのでは？　と気付く。

そんなまどろっこしい理屈じゃなくて、もっと直接的な意味のような——

「えっとね？　アルトくんが買ってくれたこの弓を持ってると心が落ち着くし、魔力の流れもよくなるんだ。これって、この弓が私の能力を底上げしてくれているってことでしょ？」

「ん……？」

俺は戸惑う。

心が落ち着いて魔力の流れがよくなる？　この弓にそんな効果はないはずなんだけど。

「え？　違うの!?」

驚きの声を上げるフィオラン。

「ちょっと、もう一回弓を構えて索敵をしてみてくれ」

俺は念のため彼女を鑑定する。

【名　前】フィオラン（23歳）
【状　態】生命力：119／119　魔力量：17／17
【能力値】体力：40（D）　魔力：5（F）　物理：10（E）　魔法：5（F）　防御：5（F）
　　　　　素早さ：10（F）　回避：8（F）　幸運：2（F）
【技　術】弓術：10／10　短剣：1／10　解体：3／10　荷物持ち：3／10
【素　質】弓術（S）　戦闘補助（C）

いつの間にか、弓術が10／10に上がっていたり、物理や素早さ、回避が伸びていたり成長してはいる。

しかし、魔力は以前鑑定した時から1たりとも変わっていない。

「えっと？　アルトくんが選んでくれたこの弓によって私のステータス、変わっているよね？」

確かに世の中には、魔法を使いやすくする弓はある。だが、それらは高級な品だ。

だけど――

【名　前】堅牢《けんろう》の弓
【ランク】B
【価　格】10万8千エン

そう、これは至って普通の弓なのである。特殊な効果はない。

残念だが、それが現実だ。

とはいえ、それを伝えるかどうかは別の話。

「お姉さんとしては、弓を持っていた方が、敵を探せる気がしていたんだけど、違った？」

「違わないんだけど――」

なんの変哲もない弓を構えるだけで、魔法が使いやすくなることはない。

というかそもそも、フィオランの索敵は魔法ではないから魔力の流れも関係しない。

だが思い込みの効果はすさまじい。思い込んで突き進むことで不可能を可能にした事例なんていくつもある。

それだけ精神は重要な要素だ。

だから、どう考えても気のせいです！　あなたの思い込みです！　残念！　なんて、本人には言えない。

それでスランプに陥ったら元も子もない。

俺は少し迷ってから、口を開く。

「構えなくても、弓を持っているだけで効果があるんだ。だから、もっと楽な体勢で索敵したらどうだ？」

「わっ、そうなんだ！　教えてくれてありがとね！」

素直な笑みを向けられると心が痛む。

「そっ、それじゃあ、そんな感じで警戒しててもらっていいか？」

「うん！　お姉さんに任せて！　アルトくんが選んでくれた弓と一緒に頑張るね！」

本当に申し訳ないです。よろしくお願いします。

ところで、武器で思い出したが、リリもフィオランも、ずっと同じ武器を使い続けているんだよな。

二人の技術は、見違えるほど向上した。女王様のおかげでまとまったお金もある。

本当に集中力が増したり、心を落ち着けたりする弓や杖を買いに行くのもありかもな。

俺はそう思いつつ、マルリアとマイロくんにも聞く。

「マルリアとマイロくんは、武器は訓練校の備品を使っていたよね？」

「ええ。実力に合わない武器を持っても、仕方がないもの」

「修業中の身ですので」

そう言うが、二人だって格段に能力を伸ばしている。

よし、決めた！

「みんなで武器屋に行こう！」

日頃の感謝を表すいい機会だ。隅々《すみずみ》まで鑑定し、最高峰《さいこうほう》の逸品を選ぶんだ。

そう思っていると、リリが俺を見上げて首を傾げた。

「そういえばアルト様って、鑑定魔法を使う時に、短剣に触れませんよね？」

ん？　短剣？　腰にある、護身用のこれのことか？

戦闘中じゃないのに、使う意味ないだろ。

「触れることはないけど、それがどうかしたのか？」

「アルト様はいつも短剣を杖代わりにして鑑定魔法を使っているのかと思っていたのですが、違ったんですね。それでは、いつもは何を使って鑑定魔法を発動させていらっしゃるのか、できればでいいのですが、見せてもらえませんか？」

ん……？　俺の杖？

「えっと、違うんです。アルト様にいただいたこの杖に不満はないです！　……ないのですが。今後の参考……っていうのともちょっと違いますね。えっと、えっと……」

愛用の杖をギュッと握り締めたリリが、気まずそうな表情を浮かべて視線を下げる。

俺は首を傾げながら口を開いた。

「俺、杖なんて持ってないぞ？　だから、教えるも何もないんだが……マズかったか？」

すると、リリだけでなくその場にいた全員が揃って声を上げる。

「「「「「……え？」」」」」

何この反応？

リリだけじゃなくて、周囲にいた全員が、珍獣でも見るような目を向けてきている。

いや、だってさ――

「俺、鑑定士だぞ？　杖って支援魔法とか攻撃魔法とかを使う時に必要とするもんだろ？」

「「「「「…………」」」」」

え!?　いや、え？

戸惑う俺に、マルリアは大きな溜め息をついてから言う。

「突発で非常識をかまされるパターンは、久し振りね」

それにリリとフィオランもうんうん頷く。

「はい。さすがはアルト様です」

「アルトくんだもんねー」

それから、三人を代表するかのように、リリが一歩だけ前に出た。

「アルト様。よく聞いてくださいね？　普通の鑑定士さんは、杖を用いないと鑑定魔法を使えません」

「……それは……えーっと？」

リリ先生。それ、本気で言ってますか……？

いや、リリを疑うわけじゃないんだけど、どうしても信じられない。だって——

「俺、杖なんて、一度も持ったことないぞ？」

「「「「……」」」」

いや、あの、ほんと。謝るので、みんなで一斉に天を仰ぐのをやめてもらっていいですか？　お願いします……

☆★☆★☆

「つまり、アルト様は『幼い頃から杖なしで鑑定魔法を使ってきて、それが普通だと思っていた』

と、そういうことですね？」

「はい。その通りです……」

リリの言葉を、俺は何故か正座で拝聴している。

今はテキパキと後片付けを終わらせて部屋に戻り、取り調べ——もとい、情報共有をしたあとである。

リリ先生曰く、世間一般の皆様は、杖などの補助具を持たずに鑑定魔法を使うことはないらしい。

それどころか、普通は魔力が足りず、名前すら鑑定できないのだとか。

もうね。俺の常識からすると、マジっすか⁉　って感じですよ。

そんな情報交換の中でも一番辛辣《しんらつ》だったのが、マルリアお嬢様の知的な質問攻めだった。

「鑑定魔法が、どうして鑑定魔法って言われているか分かる？」

「えーっと、それは。魔法、だからでしょうか？」

「その通りね。それで？　魔法を使う時に持つものは？」

「……杖でございます」

「あら正解。よくできました」

「……ありがとうございます」

そんなやり取りを思い出して、俺は身震いする。

つまりはそういうことらしい。反論の余地なんて、微塵《みじん》も残ってなかった。

しかし言い訳が許されるなら、それはクソ上司のせいだと声高《こわだか》に叫びたい。

『三日で鑑定魔法を覚えろ！　できないヤツは処刑だ！』

その言葉から始まった地獄の生活。

大勢いた同じ待遇の子供が、一人消え、二人消え。

誰もが最後の瞬間まで、道具を使わずに鑑定をしていたのだ。

クソ上司から杖を与えられることは当たり前のようになかったから、それが普通だと思って、鑑定を続けてきたのである。

おそらくあのクソ上司が、『平民に杖など必要ない！　金の無駄だ！』とか、そんなことを宣《のたま》い、注文しなかった結果だろう。

「初めから人数分の杖があれば、俺以外にも何人かは残れたのかな」

そう思うが、過去の話だ。今更できることなんて、何もない。

新しい空気を胸いっぱいに吸い込み、ゆっくりと吐き出していく。

心を落ち着けつつ、俺はリリたちに視線を向けた。

「つまりあれか？　俺も杖を使った方が、鑑定しやすくなる？」

そんな俺の問いかけに、リリとマルリア、マイロくんは互いに顔を見合わせた。

ミルカとルメルさんも、悩ましげに天井を見上げている。

そんな中、フィオランが困ったように言う。

「えっとね？　ごめんなさいなんだけど、アルトくんの鑑定は特殊だから、お姉さんたちには分かんないかな」

確かにその通りだ。使っている俺が分からないものを彼女たちが知るはずもない、か。

そう考えていると、フィオランがリリの杖を指差した。

「だからね？　リリちゃんの杖を借りて試す、ってどうかな？」

「そうだな。そうするか」

論より証拠。百聞《ひゃくぶん》は一見《いっけん》に如《し》かず。

俺の鑑定はかなり異常らしいから、実験する他ない。

「リリ。ちょっとだけ杖を借りてもいいか？」

「もちろんです！　どうぞ！」

リリから杖を受け取り、両足を肩幅に開いて、部屋の中央に立つ。

正直なところ、杖を持つだけでどのような効果があるのかは分からない。

だが、変わらないことはあっても、悪くなることはないだろう。

もしかすると、敵の正体を全く掴めていないない現状の打開策になるかもしれない。

「これで事態が好転してくれたらいいな」

そんな思いを込めて、魔法の杖を握り締めた。

「え……？　くっ——」

真っ先に感じたのは、猛烈な熱さ。

行き場をなくした魔力が腹の中で荒れ狂っているかのようだ。

普段とは明らかに違う感覚に、俺は慌てて鑑定魔法を使うのをやめる。

「アルト様!?　大丈夫ですか!?」

俺の動揺を悟ったのか、リリがそう口にしながら、心配そうな顔を向けてきた。

「あぁ、うん……問題はなさそうかな。もう一度試してみてもいいか？」

俺が微笑みながら言うと、リリは不安そうな顔をしたままではあったが頷いてくれた。

今度はいきなり魔力が暴走しないよう慎重に、先ほどよりも出力を抑える。

すると、今度は問題なく魔力を流せた。

それどころか、いつもより少ない魔力でいつもの通りに鑑定が使える。

俺はそれから流す魔力を強くしたり弱くしたりと色々試してみる。

「……なるほどな」

魔力の扱いやすさが段違いに上がった。

鑑定を行う際には魔力を細かい粒にして対象物に放つのだが、これまでの魔力の霧より一粒一粒をより細かくした上で展開できたし、魔力をあらゆる太さの糸に成形できるようだ。

『杖を使わないなんて、普通じゃないです！』

そう言ったリリたちの気持ちが、今ならよく分かる。

それに、遅まきながら最初に対峙《たいじ》した時には魔力が通らなかった異形を鑑定できた理由が理解できた。

　俺はマルリアに聞く。

「ルルベール教官の剣って、杖のような役割もあったりするのか？」

「そうね。詳しく見たわけじゃないから断言はできないけど、あの教官の武器よ？　魔法を強化する機能を備えていないって考える方が不自然じゃない？」

「まぁ、そうだよな」

　あの教官だもんな。資金もコネもある。

　何より、類《たぐ》い希《まれ》なる戦闘狂《せんとうきょう》だ。

「どう見ても高級品だろうし、杖の役割を持っていても不思議じゃないか」

　そう、剣を握った教官に抱えられた瞬間に、俺の魔力が増えた。それによってそれまで不可能だった、化物の鑑定に成功したのだ。

　あの時は、ルルベール教官が俺に魔力を分け与えてくれたのか？　なんて思ったものだったが、間接的に剣によって補助された結果だったのだとしたら——

「俺が杖を持てば、なんでも鑑定できるようになるかもしれない！」

　ってことだよな！

　教官の剣とリリの杖を使った時では、増加する魔力量が大きく違った。

だが、魔力が膨らむ感覚は似ている気がする。

「リリ。もうちょっとだけ杖を借りてもいいか？」

俺の言葉に、リリは勢いよく頷く。

「はい！　いつまででも大丈夫です！　何をするんですか？」

「ああ。こいつとの戦いに終止符を打とうと思ってさ」

不思議そうに首を傾げるリリを横目に、俺は上着のポケットから黒い布を引っ張り出した。

マルリアを人質にして、俺とマイロくんを王国に拉致しようとした貴族が使っていたものだ。

絶対に鑑定してやる！　と思いながら、ずっと持ち歩いていた。

これまで、これの鑑定に成功したことは、一度もない。

「他にも鑑定したいものはあるが、まずはコイツからだ」

黒い布を机の上に広げ、仁王立《におうだ》ちで杖を構える。

周りは誰も言葉を発さない。固唾《かたず》を呑んで見守っているのだ。

普段よりも大幅に増した魔力の全てを細い糸に変えて、布の奥に進ませていく。

「……」

いつもと違い、弾き返されるような感覚はない。

今回は布の内部に、入り込めている気がするぞ。

やがて――

【名　前】魔力封じの布
【ランク】A
【価　格】42万エン
【補　足】魔法に耐性がある魔物の力を宿した布。
探知系の魔法を防ぎ、攻撃魔法の威力を和らげる効果がある。

見慣れた鑑定画面が、目の前に浮かんできた。

俺は「やっとできた！」と思わず声を上げる。

杖を持てば、鑑定の幅が広がる。その仮説を、証明できた形だ。

大きな壁を乗り越えた達成感と、心地いい疲労を感じる。

俺は腹の奥底に溜まっていた様々な感情を吐息に混ぜて、吐き出した。

杖の話題を出してくれたリリには感謝だな。

「すごい！　すごいです、アルト様！」

そう言いながら笑顔を向けてくれるリリの頭を撫でながら、俺は再度魔力を練り始める。

「さて、もう一回探知をかけてみようか」

俺はいつもより粒の細かい魔力の霧を生成し、周囲に行き渡らせた。

もうさすがに潜伏者は撤退したあとだろうと思いつつ、再度パワーアップした鑑定で探れないか試してみたかったのだ。

数秒気配を探ってみたが……やはり、そう上手くはいかない。

不審な輩《やから》はいないようだ。

さて、興奮冷めやらぬ中ではあるが、頭の中で一度状況を整理するとしよう。

過去に杖なしで鑑定できなかったものは、以下の五つだ。

・異形を呼び出した武器
・異形本体
・異形を呼び出した男
・城の帰り道で見た女性（？）
・マイロくんの体内にある魔力を吸収する何か

これらの鑑定に着手したいが、化物に関連するものはすぐ手に入るわけではない。

武器は異形を倒した後に探したが、跡形もなく消えていたからな。

マイロくんの体内にある何かを鑑定してみたい気持ちはあるが、何か危険な気配がする。

もしそれによって彼の体に影響が出たらと考えると、実験感覚で試すわけにもいかないだろう。

「周囲に怪しい反応はなかった。今日のところは、このくらいにしとくよ。これからは、杖を使った鑑定の練習をしてみる」

そう俺が言うと、マルリアが、机の上にあった黒い布に手を伸ばした。

「それで、布の鑑定はできたのよね？」

「あぁ。おかげさまでな。希少価値はAランク。値段は42万。魔法を防ぐ布らしいぞ」

「何よそれ、すっごい高級品じゃない……っていうか魔法が効かない布を鑑定できる鑑定魔法って……あんた、やっぱりおかしいでしょ」

「……まぁ、確かにそれは、言い訳の余地もないな」

だが、できてしまったからな。

俺がなんとも言えず頬を掻《か》いていると、マルリアは大きな溜め息をつく。

「あんたを相手に些細なことを気にしても仕方ないからいいわよ。そんなことより、結局あんたもリリみたいに杖を持ち歩いた方がいいっていうのが結論よね？」

「あぁ。どうやら今以上に鑑定魔法を強化するには、杖が必要みたいだ」

魔力量が増えて、細かい操作もできるようになった。杖を持たない理由がない。

もしあるとしたら、持ち運びが面倒そうってことくらいか？

マルリアは言う。

「だったら報酬は決まりでいいわね？」

「ん……？」

意図が分からず首を傾げる俺を横目に、マルリアは報酬のリストに手を伸ばす。

そのままペラペラとページをめくり、とあるページを開いて、俺に渡してくる。

「一通り眺めたけど、これがいいんじゃないかしら」

細い人差し指が差しているのは、燃えさかる炎を模した杖の写真。

その下には『フェニックスの尾羽《おばね》、雷鳥《サンダーバード》の宝玉《ほうぎょく》、トレントの大木を使用した杖』と書かれている。

どうやら三種類の魔物の素材を巧みに組み合わせて作った杖らしい。

「ルルベール先生の剣と同じか、それ以上の効果がありそうよね」

マルリアの言葉に対して、俺は言う。

「まあ、確かにな。だが――」

魔物を素材とした道具は、効果が互いに反発し合うせいで、使うのが難しいと聞く。

素材になっている魔物もかなり凶悪だったはずだし、上級者向けって感じだ。

「どう考えても杖初心者の俺が持つには、高級すぎるだろ」

俺なんかじゃ宝の持ち腐れにしかならない。

この杖を使うべきは、どちらかといえば俺じゃなくてリリだろう。それに――

「新しい杖が必要なのは、俺とリリだけじゃないだろ？　マイロくんにも、そろそろ杖が必要になる」

俺の言葉に、マイロくんは驚きのあまり体を仰け反らせる。

「え？　ぼ、僕ですか!?」

「ずっと瞑想を頑張っているからね。そろそろいいかなって」

瞑想を続けてきたことで、マイロくんの魔力量は上がっている。発作も最近は治まっているし、杖を使った訓練もさせてみたい。

これによって紫色の霧に良い変化が現れたらいいなという狙いもあるが。

というわけで、現状で杖が必要なのは、俺とリリとマイロくんの三人。

いや、杖だけでなくフィオランには強力な弓を持ってほしいし、マルリアにも新しいナイフや強力なロープを与えてやりたい。

報酬が書いてある紙の束を持ち上げて、周囲を見渡す。

「女王陛下から貰う報酬は、マルリアが使う道具にしよう」

目を見開くマルリアを眺めながら、小さく微笑む。

「全員分の武器や防具をマルリアに作ってもらうのが一番いいんじゃないかなって思ったんだが、難しいか？　リリやフィオランの武器も含めてのお願いだ。マルリアは、精製術と鍛冶士《かじし》の二つの素質を持っていて、それぞれがAランクとBランクだ。何より、俺たちの戦い方や性格を知っているマルリアに作ってもらえば、より俺らに合った武器を作ってくれるんじゃないかって思ってさ」

俺はそこで言葉を切り、報酬リストをめくる。

「もちろん無理強いするつもりはないんだけどさ。これとかどうだ？」

目当てのページを開いて、俺は全員が見えやすいように机の上に置く。

「〈魔法《まほう》の大釜《おおがま》〉って魔道具。実際に見たことあるか？」

　マルリアだけでなく全員に視線を向けたが、反応はいまひとつだ。

〈魔法の大釜〉といえば、より強力な武具を作るためには必要不可欠な道具――なのだが、かなりデカい。

「すごく性能のいい生産系魔道具なんだが、とにかくでかいんだ。王国にいた頃に〈魔法の大釜〉の設置をさせられたことがあったんだが、大きすぎて、すごく大変だった」

『鑑定士なら組み立てくらいできるよな!?　鑑定士だもんな!?』

　王国で働いていた頃。ある日、突然そんなわけの分からない理屈をクソ上司に並べられて〈魔法の大釜〉の組み立て作業をさせられた。

　燃料である魔石の保管場所や接続するケーブル、作業スペースを含めると、専用の部屋が必要な大きさで、設置するのはすごく大変だったのだ。

「今回は、専用の部屋もお願いしたら用意してくれるんじゃないかと思うんだ」

　女王様が、部屋は自分で用意しろなんてケチ臭いことを言うとは思えない。

　何せ、国のトップがくれるご褒美だからな。

「専用部屋と大釜を買うなんて中々できないだろうし、女王様に相談してみるのはアリかなって」

　万が一にでも却下された場合は、その時に考えればいい。

「なるほどね。あんたの言いたいことは分かったわ。それで？　肝心の素材はどうするのよ？　女王様のリストにあった魔道具はどれもすごい素材を使っていて、それはやっぱり魅力的だったでしょ？」

「みんなで素材を採取しに行ければって思ってるんだが、どうだ？　リリとフィオランの能力が上限に近いから、強い魔物を狩りに行く必要もあるし」

俺の鑑定において、技術レベルの分母として表示されているのは、現在普通に修練して上げられるレベルの上限を表している。そして、分子が現在のレベルだ。

この上限はただ修業しているだけでは上がることがなく、強い敵を倒す必要がある。

リリの支援魔法は、９／10。フィオランの弓術は、10／10。

できるだけ早く上限を引き上げ、二人の実力を伸ばしてやりたいのだ。

だから、武器に使う素材の確保はどちらかといえばついでだ。

マルリアに気を遣わせないためにもそう説明すると、マルリアは神妙に頷いた。

「なるほどね。あんたの言いたいことは分かったわ」

マルリアはそれから口を閉ざし、迷うように何回かポーチのがま口をパチンと開いたり閉じたりする。

十秒くらいそうしてから、彼女は決心したように小さく頷いて俺の目を真っすぐに見詰めた。

「武器の製作なんて、やったことすらないわよ？」

「分かっているよ。でも、ナイフやロープを作るのは抜群に上手いじゃないか。それに、この間の潜入作戦だって、マルリアの作った魔道具の駒《こま》が、戦況把握にどれだけ役立っていたか」

そう、マルリアは精製術というスキルの適性がAだ。精製術とは、ものの品質をよりよくする技術。

潜入作戦で彼女が作った駒は、本人すらそのつもりがなかったのに、使用者の意に添い動く『任意の魔道具』になった。

きっとマルリアは、本人が思うより高い生産能力をその身に宿しているのだ。

「そんな才能を、このまま埋もれさせるのはもったいないからな」

俺がそう褒めると、マルリアはふいっとそっぽを向く。その直前の表情がとても嬉しそうだったのは、きっと気のせいではないだろう。

「分かったわよ。けど、成功しなくても知らないんだからね？」

「その時は、俺の鑑定が間違っていたってことで、なんでもするよ」

話はまとまった。

俺はみんなに向けて言う。

「というわけで、明日は別の用事があるから、明後日狩りに行こうか。準備は今日のうちに終わらせたいんだが、大丈夫か？」

全員の顔を見回す。

マルリア、リリやフィオランはハッキリと頷いている。

そんな中、おずおずと手を挙げたのは、意外なことにマイロくんだった。

「アルトさん。僕も一緒に行ってもいいですか？」

凛《りん》とした眼差しには、決意が込められている。

「何を言ってるのよ！　マイロが魔物狩りに行くなんて、そんなの――」

俺が何かを言う前に、声を上げたのは、マルリアだ。

そのまま続けようとしたマルリアを手で制止して、俺は静かに首を横に振る。

マイロくんの体質を心配して止めたくなるマルリアの気持ちも分かるが、頭ごなしに否定するべきじゃない。頭のいいマイロくんなら、危険なことは重々承知の上で手を挙げたのだろうから。

俺はマイロくんに視線を向け、続きを促す。

「理由を聞いてもいいかな？」

「はい。アルトさんのおかげで、最近は発作に苦しむこともほとんどなくなりました。体の調子がすごくいいんです」

それはマルリアも認めているから、マイロくんには斥候《せっこう》の訓練を始めてもらっている。

俺に斥候の心得はないから、本を読んでその通りに練習してもらっているだけだがな。

とはいえマルリアに『刃物は危ないから』と言われていることもあり、まだ〈忍び足〉や〈印象操作〉など、敵から逃げるためのスキルしか習得していない。

マイロくんは続ける。

「僕が戦闘に参加できるとは思ってません。でも、荷物持ちくらいならできると思うんです」

マイロくんはそう言うとひと呼吸置き、俺やリリ、フィオラン、そしてマルリアを見回す。

「みなさんが危惧しているように、足手まといになるかもしれません。ですが、自分の力量を理解するためにも付いていきたいんです。お願いします！」

珍しく声を張り上げたマイロくんが、深々と頭を下げた。

マイロくんは、どこか申し訳ない気持ちを抱えていたのだろう。

他の部下はみんなスキルを伸ばして活躍しているのに、自分はまだ力になれていない。でも変わりたい――彼のそんな決意を見た気がした。

リリやフィオランが俺に決断を委《ゆだ》ねるように、視線だけを送ってくる。

マルリアの表情は険《けわ》しいが、否定の言葉は呑み込んだまま。

彼女には彼女の葛藤があるのだろうが、ぐっと言葉を我慢しているのは、俺に判断を委ねるというポーズなのだろう。

俺は、蚊帳《かや》の外になってしまっているミルカとルメルさんに話を向けた。

「二人は？　一緒に来るか？」

俺の言葉に、ミルカは首を横に振る。

「んー？　ボクたちは、行かない方がいいよね？　それこそ足手まといになっちゃうもん」

「いや……まぁ、な」

さすがに正面切って『足手まといだ』と言うのは憚《はばか》られたので、濁《にご》すような物言いになってしまった。

ミルカたちは戦闘向きのタイプではない。

単純な戦闘能力だけなら、マイロくんと同じくらいだ。

マイロくんのみならず、そんな二人も抱えながら魔物と戦うのは中々キツそうだと思って、話を振ったのだが、どうやらその意図に気付いて気を遣ってくれたらしい。

ミルカは続ける。

「それに、お兄さんと仲良しだーって思われちゃうと、変な人に狙われるんでしょ？」

「そうだな。それを含めて考えると、今回は留守を任せたいんだが……いいか？」

「いーよー！」

狩りに行くには、どうしても人目のある場所を通る必要がある。

変な噂が流れている現状で、ミルカたちまで目立つのは得策じゃないからな。

加えて――

「外に出るより、ルルベール教官がいるここの方が安全だしな」

「うんうん！　あの人、本当にすごいよねー。だからボクたちは大丈夫！」

「そうだな」

ミルカの耳で危機察知もできるし、万が一の事態はないだろう。

念のためにルメルさんにも視線を向けたが、異論はなさそうだ。

本来ならマイロくんもそっちに入ってもらう予定だったんだが——

「マイロくんは俺の部下だと知れ渡っているから、一人だけいないのも不自然か」

まぁ、紫色の霧に何かしらの変化があった時に対応できるのは、俺だけだろうし。

「マイロくんにも一緒に来てもらった方がいいと思うんだが、どうだ？」

俺はそう言いながら、マルリアに視線を向ける。

彼女は反射的に何かを言いかけたが、ゆっくりと口を閉じた。

俺の目を見て、次いでマイロくんの目を見る。

やがて、マルリアは小さく頷いた。

「絶対に私たちから離れないこと。いいわね？」

「……うん！　ありがとう、姉さん！」

マイロくんはそう言うと、年相応の笑みを浮かべた。

5　採取の前にやるべきことを

翌日。俺はミルカとルメルさん以外の部下を連れて、帝都郊外に広がる竹林を彷徨《さまよ》っていた。

「あんたといると、本当に、退屈、しないわね……」

マルリアは荒い呼吸のままそう口にした。

周囲は竹に覆われて視界が悪く、地面も凸凹《でこぼこ》していて歩きにくい。

訓練校から距離もあり、みんな息が切れている。

「連休中だっていうのに、授業に出ろだなんて、初めてよ」

マルリアの言葉に、俺は肩をすくめる。

「まあな。俺としても不本意なんだけどさ」

このまま軍部の森に行き、採取をしたい！　一刻も早く、マルリアに武器を作ってほしい！　リリたちに新しい装備を持ってほしい！　そう思ってはいるんだが、事情が事情だ。

「何せ、教官に頼まれた任務だからな」

本来なら連休五日目だから、まだ休んでいていいはずなのだが、俺らは特別授業に出ることになった。

俺は教官から預かった手紙を取り出す。

そこには授業内容――という口実で、教官からのお願いが書かれている。

『現在の状況で儂一人で訓練校を守るのは、物理的に不可能。援軍の要請が必須』

ルドルフ少佐も不在で、俺が訓練校を離れると、襲撃される確率が上がってしまう。

そのためにある部隊を視察し、その上で協力を取り付けるというのが今回の目的になる。

素材採取を急ぎたい気持ちはあるが、だからと言って訓練校の安全を蔑《ないがし》ろにするわけにもいくまい。

「そうはいっても、授業に出るのは今日だけだ。なんなら代わりの休みも貰ったし！　明日からは、採取し放題。訓練し放題。物作りし放題だな！」

今回のお願いの報酬は、休みを三日間延長することだった。本当に太っ腹だ。

大釜用の部屋に関してもそれとなく聞いてみたのだが、悩むことなく了承してくれたし。

できることが山積みで、ワクワクする！　腹の奥底から湧き上がるパワーを感じる！

そう思っていると、マルリアが竹に手をついてうなだれた。

「休みの日に採取に訓練って。それも変だって気付きなさいよね」

「へ……？」

首を傾げる俺を見て、マルリアはいつものように深く嘆息する。

「あんたって、本当に感覚おかしいわよね」

俺は首を傾げる。

これまでも散々言われたが、何故このタイミングで？

お休みを自分たちのために使えるって、天国じゃないか？

「えーっと。休みの日は、時間に縛《しば》られず、自分の好きなことをする。そう教えてくれたよな？」

「ええ。確かにそう言ったわね」

「だったら、何がやばいんだ？」

「……そうね。間違ってないのかもしれないわね」

マルリアは、先ほどよりも深く大きな溜め息をつく。

横を見ると、フィオランとマイロくんが、顔を見合わせて苦笑していた。

「アルトくんだもん。仕方ないよね」

「そうですね」

みんなの反応に納得できないんだが？

俺は、やばいのか？

どうにか反論しようと口を開きかけた瞬間――

「――ありました！」

先頭を進んでいたリリが、嬉しそうに振り向いた。

全員が顔を見合わせて駆け出し、リリの隣に並ぶ。

鬱蒼《うっそう》とした竹林が開けた場所に、訓練校の門に似た建物が姿を見せた。

門の上には、『第三弓兵隊』と書かれた旗が揺れている。

「本当に、あったんだな」

『この先、第三弓兵隊訓練所。地図や魔法の使用を禁止する』

そう書かれた看板を抜け、ひたすら竹と地面と空しかない世界を進み続けた甲斐があったってもんだ。

道無き道を歩き始めて、一時間と少し。どうにか目的地に到着した。

……到着してなお、魔法はまだしも地図を使ってはならない理由は分からなかったが。

ほっと胸をなで下ろす俺の隣では、大きく手を広げたフィオランが、リリを背後から抱き締めていた。

「頑張って歩いてよかったよ～！　リリちゃん！　ありがと～！」

「はい！　本当に良かったです！」

頬をすりすりされるリリの目にも、喜びの涙が浮かんで見える。

「無事にたどり着けてよかったよ」

俺もそう口にした瞬間、肩の力が抜けていくのを感じた。

するとリリが、恥ずかしそうに目を伏せて言う。

「迷ってしまって、ごめんなさい」

「いやいや、むしろこんなに分かりにくい場所まで案内してくれて、本当に助かった。リリがいなかったら、どうしようもなかったと思うしさ」

『第三弓兵隊の訓練所は、幼い頃に一度だけ行ったことがあります！』なんていうリリの言葉だけが、心の支えだったし。

なんなら教官が『人を迷わせるために作った人工の竹林じゃからな。二時間の余裕を持ち、出立するのが良かろう』と言っていたくらいだから、むしろいいタイムだった気もする。

「むしろ、早すぎたか？」

手元の時計を確認したが、第三弓兵隊隊長との待ち合わせ時間まで三十分もある。

迷うのは想定内。遅れるよりいい。

そう思って早めに出たが、さすがに早すぎたか。

周囲に目を向けて、木陰を指差す。

「邪魔にならない場所で瞑想でもするか」

俺やリリ、マイロくんの魔法組は、それでいい。

問題なのは、フィオランとマルリアだ。

そう考えていると、マルリアが口を開く。

「じゃあ私は、この辺に落ちてる笹を加工してるわ。もっと技術を向上させなくちゃいけないもの」

そう言いながら、がま口のポシェットをパチンと開き、ヒモで括《くく》った紙の束を取り出す。

物作り系の教科書を読みながら作った、マルリアお手製の覚え書きだ。

「笹で作れるものは、この辺よね。効力の付与は後回しにして、物理の加工から……」

マルリアは早速、真剣な目で笹を選び始める。

その目はすでに、俺たちを見ていない。

一心不乱に、良い笹を選ぼうと目を動かしている。

物作りにハマってくれたようで、何よりだ。

あとは――

「お姉さんの心配してくれてるの？　ん～……お姉さんは久し振りに、ビンビンしようかな」

フィオランの不可解な言葉に対して、俺は聞き返す。

「……ビンビン？」

「うん。音を出さずに、びーんびーんって！　弓も矢も使わない練習なんて、久し振りだよね！　びよんびよんでもいいんだけど、みんなが瞑想するのなら、ビンビンで！」

ダメだ。全然分からん。ビンビンすら分かっていないのに、びよんびよんという新しい言葉まで飛び出してきた。

てっきり、弓の糸部分を使った練習なのかと思ったけど、そうでもないみたいだし。

弓や矢を使わず、音も出さないのなら、第三弓兵隊の邪魔になることはないだろうと、無理矢理納得することにした。

まぁ、ヤバそうなら止めればいい。

そう思っていると、フィオランが何かに気付いたようだ。

「ん～？　ねぇ、アルトくん？　誰か来るみたいだよ？」

フィオランの視線の先に目を向けると、訓練基地の出入口を開ける男の姿が遠くに見えた。

幹部だけに与えられる立派な軍服を身につけた男の胸元には、いくつもの略綬《りゃくじゅ》が輝いている。

間違いなく、第三弓兵隊の重鎮《じゅうちん》だろう。

――どんなステータスを持っているのか、気になる！

そう思った俺は、リリに聞く。

「あの人を鑑定したらダメか？　ものすごく鑑定したいんだが」

その言葉にハッと目を見開いたリリは、縋《すが》り付くように俺の上着を引く。

「絶対にやめてください！　お願いひまふ！」

大きな瞳に涙が浮かんでいて、言葉も噛みまくりだ。

だけど、まぁ、確かにこれは非常識な提案だったかもしれない。

無許可で軍の人間に魔力を向けたってバレたら、大騒ぎだからな。それにそもそも、『地図や魔法の使用を禁止する』なんていう決まりもある。

だけど――

「バレないように慎重にやればいいんじゃないか？」

「ダメですよ！　本当の本当にやめてください！　お願いします！」

「……分かった」

立派な弓兵を志すフィオランの目指す先が見てみたい――そんな思いも少なからずあったが、仕方ないか。

俺はフィオランに話を振る。

「どうだ？　勝てそうか？」

「んー、お姉さんじゃ手も足も出ないかなー。少なくとも、今は」

同じ分野の兵であれば、纏《まと》う空気からおおよその実力が分かる。

俺が鑑定して伝えなくても、フィオランの纏う空気が引き締まった。

「今日は、有意義な授業になりそうだ」

俺はそう口にしながら、近付いてくる男の方に向かって歩いていく。

近くで見ると、ルドルフ少佐に似た、優しそうな顔立ちをしていることが分かった。

年齢は少佐より少しだけ上に見える。

彼は俺らに気付くと、柔和《にゅうわ》な笑みを浮かべた。

「ようこそ、第三弓兵隊へ。隊長のモチヅキだ。君がアルト准尉だね？　本日はよろしく頼むよ」

モチヅキ隊長はそう言うと、握手を求めてくる。

ゴツゴツとした、分厚い手だ。

訓練でできたマメが治る間もなく弓を引き続けた。そんな手なのだろう。

「はい。よろしくお願いいたします」

「こちらこそ。君のような優秀な子が、我々の授業を選んでくれて嬉しく思う」

「私の方こそ、モチヅキ隊長のような方と出会えて、光栄に思います」

すると、モチヅキ隊長は優しく微笑んだ。

「歩き方を見させてもらったよ。弓を使うのは眼鏡の子だけ。君たちは、魔法をサポートに使った接近戦が得意なのかな？　もう一人は、見習いの斥候ってところかい？」

「「「!!」」」

モチヅキ隊長の何気ない一言に、思わず体が固まる。

フィオランは弓を背負っているからまだしも、何故俺らの戦闘スタイルまで割れている!?

口ぶりから察するに、教官から聞いたってわけでもなさそうだ。

鑑定魔法に似た技術を持っているのか？

俺が思わず無言になったのを肯定と捉えたのだろう、モチヅキ隊長はうんうんと頷く。

「当たりみたいだね。感情を表に出さないための技術を習得する授業もあったはずだから、受けていくかい？　損はさせないさ」

そんな小粋なジョークを挟んでから、モチヅキ隊長は「案内するから付いてきて」と口にして、基地の中へと入っていく。

「それと……そちらのお嬢さんも君の部下だよね？　ただ、邪魔しない方がいいか」

「え？　……あー」

マルリアは未だ笹を前に試行錯誤している。

俺たちの注目を集めていることにも、気が付いていないらしい。

「興が乗った職人に水を差すこと以上の愚行はない。我が隊の女性を護衛に向かわせよう」

そう言うモチヅキ隊長に対して、俺は頭《かぶり》を振る。

「いっ、いえ、それには及びません。マイロくん。申し訳ないんだけど、お願いできるかな？」

「分かりました。姉の世話は弟の役目ですから」

マイロくんはそう口にすると、マルリアの側に駆けていく。

その背中を見送り、俺とフィオラン、リリは第三弓兵隊の訓練施設に足を踏み入れる。

『落ちこぼれを再生させる特殊な隊があってのぉ。依頼ついでに、あやつを見てくるとよい』

前を歩くモチヅキ隊長の広い背中を見ていると、そんな教官の言葉を嫌でも思い出す。

あの教官が認める、特殊な部隊の隊長か。

俺は、質問を投げかける。

「モチヅキ隊長。一つ聞きたいのですが、よろしいですか？」

「いいよ。戦い方を当てた秘訣を聞きたいのかな？」

背中越しの声に、俺は一瞬言葉に詰まってしまう。

「……はい。その通りです」

自分の全てを見透かされているような気がして、落ち着かない。

いくつもの戦いを経てきたであろう背中が、さらに大きく見える。

モチヅキ隊長は言う。

「実を言うと、私は外科医も兼任してるんだ。だから、筋肉の付き方や動かし方を見れば、相手の戦い方がなんとなく分かるんだよ」

「……なるほど」

ベラルト少佐、ルルベール教官、ルドルフ少佐。

これまで見てきた強者の誰とも違う種類の強さなのだと、否が応でも実感させられる俺だった。


歩き始めて二分ほど経っただろうか。

モチヅキ隊長はようやく足を止める。

「まずは技術交流といこうか。お嬢さんたちはこちらの訓練場へ。我々は隊長同士で訓練しようか」

そんな提案に、俺は頷く。

「異論はありません。しかしご存じの通り、弓兵はフィオラン……眼鏡の彼女だけなのですが」

「構わないよ。訓練中の役回りは、みんなで考えて決めるといい」

そう話がまとまったところで、フィオランが目配せしてくるのを感じる。

俺が彼女の方を向くと、拳を胸に当てて敬礼をした。

「行ってまいります！」

フィオランは普段使わない敬語を使い、目を輝かせて飛び出していく。

唯一の弓兵である自分が引っ張っていかねばという決意の表れだろう。

「わっ、私も行ってきます！」

フィオランの背中を追いかけるように、リリも駆けていった。

「頼もしく育っていますね。今日は有意義な日になりそうだ」

どの部分がモチヅキ隊長の琴線《きんせん》に触れたのかは分からないが、フィオランたちの成長が褒められたのは確かだ。

素直に嬉しく思う。

「こちらに付いてきてください」

そうしてモチヅキ隊長に案内されたのは、訓練場を見渡せる二階の小部屋。

窓から、フィオランが弓を射たのが見える。

「嘘だろ。あの距離で全弾命中させやがった」

「訓練生、なんだよな？　命中率だけなら、隊長たちよりも上なんじゃないか？」

「ん？　的に背を向けた？　さらに遠くから撃つ、とか言わねえよな？」

「いや、さすがにそれは……うぉおおおお！　マジか！　あの距離から命中させやがった！」

そんな声を窓越しに聞きつつ、俺は楽しそうに微笑んでいるモチヅキ隊長と向かい合う。

目の前には隊長自ら淹れてくれた紅茶が置かれている。

「フィオラン訓練生と言いましたか？　弓を初めて数ヶ月で、ずいぶんと面白い成長をされているようですね」

「……ええ、まぁ。頼もしい部下の一人ですよ」

弓を始めて数ヶ月だと分かったことには、もう触れまい。

俺たちの戦い方を見破った時とタネは同じだろう。それでも理解の範囲外ではあるが。

そんなことを思いながら、俺は切り出す。

「モチヅキ隊長。申し訳ないのですが、少しだけ魔力を使わせていただいてもよろしいでしょうか？」

フィオランが頑張っているからな。

俺も、ささやかな反撃くらいはしてみたい。

それに何より、女王様からの依頼だからな。

「構いませんよ。何をするのか楽しみだ」

その言葉に嘘や偽りはないのだろう。

モチヅキ隊長が、本当に楽しそうな笑みを向けてくる。

それでいて、何が起きても対処できると言いたげな自信が透けて見えた。

「許可をいただき、感謝します」

とはいえ、いきなり鑑定を隊長に向けることはしない。

ここまでの道中鑑定魔法を封じられてきたから、まずは潜入者が近くにいないか探りたい。

軽く目を閉じて、魔力の霧を周囲に広げる。

マルリアとマイロくんはあの場を動かず、物作りに励んでいるみたいだ。

そんな二人以外に建物の外には人影はなく、怪しげな鑑定結果もない。

相手は訓練校の生徒として潜入しているって話だ。

さすがに、自分の授業を抜け出してまで、追っては来られないのだろう。

そう思っていると、モチヅキ隊長の笑みが深まった。

「私に対して何かをしているわけではない。人捜《ひとさが》しの魔法……では正確にはないのでしょうが、似たようなことをしていますね？」

なっ――!?

「俺の魔力を読み取ったんですか……？」

俺は鑑定を使う時には相手に気取られないよう、相当気を遣って魔力を隠している。

隊長は筋肉の動きだけでなく、そんな繊細な魔力の流れすら読めるっていうのか!?

そんな風に動揺する俺に、モチヅキ隊長は穏やかに言う。

「いえ、魔力は上手く隠せていますよ。私がそう判断したのは、瞳の動きからです。閉じた瞼《まぶた》の中で眼球が忙しなく動いているので、何かを探しているのだろうな、と」

モチヅキ隊長は、優雅な所作で紅茶に口をつける。

美味しそうに目を細めつつ数秒琥珀《こはく》色の液体を味わってから、隊長は静かにカップを置いた。

「腕と肩にも力が入っていましたね。苦戦しているのではないかと推測しましたが、いかがでしょう？」

全て当たっている。

そして、モチヅキ隊長は続ける。

「それらに加えて、周囲には知られたくない話を私に持ちかけようとしている、と。違いますか？」

「えぇ。その通りです。それはどういった推測で？」

「視線ですね。基地に来てから、頻繁に周囲を見ているように思えました。万一誰かがいたら困る――そんな所作ですね」

「なるほど……」

何をするにしても見透かされているようで、本当に怖いな。

そう思いながら、俺はポケットの中から小さな封筒《ふうとう》を取り出した。

「ルルベール教官から預かった密書です」

今回ここに来た理由は、三つだ。

現役の弓士とフィオランの技量を見比べたかったという好奇心。

人気《ひとけ》のない竹林の中を歩くことで、潜入者を炙り出せるのではないかという目論見《もくろみ》。

そして最後にして最大の理由が、これだ。

「これは？」

「ルルベール教官からは、協力依頼だと聞いています」

『信頼できる。そう思うなら渡せばええ。妥協はなしじゃ』

そんな言葉と共に教官に渡された封筒を、俺は封蝋《ふうろう》が上になるように隊長の前に置いた。

「ふむ……」

隊長は、一瞬だけ不思議そうな顔をしたが、封蝋をパキリと割り、中から手紙を取り出す。

さすがに、手紙の内容は読まないと分からないんだな。

そんな馬鹿なことを半《なか》ば本気で思いながら、俺は隊長の手元に視線を向けつつ、口を開く。

「我々は現在、本当に面倒な状況に直面しています。おそらくそれに関して書いてあるはずです」

女王様が口止めしてきた事件について、どこまで話していいのかは分からないが、教官が信用する相手だ。これくらいなら問題ないだろう。

教官が手紙に記した内容については、俺も詳しくは聞かされていない。

少しすると、モチヅキ隊長は手紙を元の形に折り畳みつつ、言う。

「おおよその事態は把握しました。予想以上に面倒な事態のようですね」

隊長はそう口にしながら、折り畳んだ手紙を再度封筒に入れ、胸ポケットに仕舞う。

そして紅茶に口をつけ、窓の外に視線を向けた。

カップから口を離して一拍置いてから、モチヅキ隊長は言う。

「訓練校の護衛及び、ネズミの炙り出しの手助け、確かに引き受けたと、そう伝えてもらえますか？」

「承知しました」

教官はかなり深い部分まで伝えたみたいだな。

そう思っていると、何故かモチヅキ隊長の口元が少しだけ緩む。

楽しそうな笑みをこちらに向けつつ、モチヅキ隊長は口を開く。

「任務には我が部隊から、私と十一人の部下で当たる予定です。その人選を、アルト准尉にお任せしたい」

「え……？」

「『それであなたの技量が見極められる』と、ルルベール教官からの手紙に、そう書いてありました」

「……なるほど」

俺がモチヅキ隊長を見極めたように、隊長にも俺を見極めさせるつもりか。

確かに、ルルベール教官が使いそうな手だ。

「恩師からの依頼ですから、これで下手な人選を行ったからといって、参加するのを取りやめるなんてことはありません。その場合は、私の方でメンバーを選び直すだけです。なので、楽に選んでください」

モチヅキ隊長の言葉に、俺はゆっくりと頷く。

「分かりました」

楽にとはいっても、これによってモチヅキ隊長からの評価が大きく変わることは想像に難くない。

それに、これで失敗してメンバーを選び直されるだんて、鑑定士にとって最大の屈辱だろう。

「詳しく調べさせていただいても構いませんか？」

「ええ。存分に」

第三弓兵隊の戦力を丸裸にしてやろう！

隊長公認で軍の人間を鑑定できるなんて、そうあることじゃないからな！

そんな思いを胸に席を立つ。

そして、この辺り一帯を包み込むように、魔力の霧を流していく。

【名　前】メイルス（24歳）
【技　術】弓術：8／11　身体強化：6／11

【名　前】ルイ（26歳）
【技　術】弓術：9／12　隠密：7／11

【名　前】メルナルド（27歳）
【技　術】弓術：8／14　短剣：3／14　隠密：6／14

【名　前】ハロマルセ（32歳）
【技　術】弓術：8／11　炎魔法：2／11

それ以外にも、ずらっと鑑定結果が表示される。

『落ちこぼれを再生させる特殊な部隊』なのだと教官から聞いてはいたが、全員が弓以外に何らかの特技を持っているようだ。

弓以外は、前の部署で培った技術なのだろうか。

「面白い部隊ですね」

俺はそう、素直な感想を口にした。

ただの弓兵隊だと思って突撃してきた敵に、接近戦を仕掛けたり、魔法を仕掛けたり。

面白そうな運用方法がいくらでも思い浮かぶ。

ただ今回は敵に気付かれず、敵の尻尾を炙り出す任務だと考えると、自ずとメンバーは絞られる。

俺は弓の技術に加えて、隠密性の高い者の名を十一人挙げた。

「――以上の十一人でどうでしょうか？」

そもそも、隊の中に高い隠密能力を持つ者が十一人だけだったからな。

もしかして『連れていく部下を十一人選出しろ』っていうこの課題って、『隠密性の高い人間を一人残らず選べるか』っていう意味だったのか？

「ほぉ？」

モチヅキ隊長はそう口にして、一瞬大きく目を見開いてから、楽しそうに肩を揺らしてみせる。

そして、ニヤリと笑う。

「えぇ、えぇ。想像以上の成果でしたよ。それでは、私を含めたその十二人で任務に当たらせていただきます。ルルベール教官にも、そう伝えてください」

「分かりました。よろしくお願いします」

見極めの試験は合格、ってことでいいんだよな？

俺は内心胸をなで下ろしながら、差し出されたモチヅキ隊長の手を握り返した。

6　素材採取

翌日。とうとう今日は狩りの日だ。

俺たちは太陽が昇る前に部屋を出て、軍部の森に繋がる門が開くのを待っている。

暗い中での狩りは危険なため、日が昇らないと門は開かないのだ。

『立ち入り禁止』と書かれたプレートが括《くく》りつけられた金網に背中をつけたフィオランが、天に両手を突き上げながらノビをする。

「んー……無事に晴れて良かったね。お姉さんのてるてる坊主が、効いてくれたのかな？」

なんて言葉にしながらも、まだ眠いのかあくびを噛み殺している。

「本当にな。俺も楽しみにしていたから、晴れて良かったよ」

そんな風にフィオランと話していると、後ろからマルリアの声が聞こえる。

「ほら、マイロ。一緒に行くって、あなたが決めたんでしょ？」

「うん……大丈夫、眠くなんて、ないよ……」

マイロくんはなんとかそう口にするが、ずいぶんと眠そうだ。目が半開きである。

かく言うマルリアも、足下は覚束《おぼつか》ない。

「うーん……姉さんも眠そうだよ？　それに大丈夫なの？　今日は、昨日みたいに物作りに没頭しすぎない？」

「あっ、当たり前じゃない！　昨日だって、本当は気付いていてたんだからね！」

そうは言うが、結局フィオランたちの訓練が終わるまで、マルリアは笹との格闘を続けていたからな。

「僕、姉さんの方が不安だよ」

「なっ、何よ！　弟のくせに生意気ね！」

残念だが、俺もマイロくんの意見に賛成かな。

そんなことを思いながら、リュックを背負ったままでも問題なく動けそうか確認するために、その場で軽く跳んだ。

リュックの中身が動き、カチャカチャと音が鳴る。

「さすがにいつもと同じってわけにはいかないよな……」

腰ベルトに差した短剣を引き抜き、軽く振る。

動き辛くはあるが、こればかりは仕方ない。

愛用の杖を両手で抱えたリリが、そんな俺を不安そうに見上げているのに気付く。

「大丈夫そうですか？」

「んー、違和感はあるけど、動けないってほどじゃないよ」

肩を大きく回し、リュックを揺らしながらリリと視線を合わせる。

少しだけ不満そうな顔をしたリリが、俺が背負っているリュックに手を伸ばした。

「やっぱり、その荷物は私が持った方がいいと思うんです！　だって――」

「いや、リリたちには戦闘を頑張ってもらう必要があるからね。そういうわけにはいかないよ」

自分のことは鑑定できないから推測にはなるが、俺よりリリたちの方がすでに強いだろう。

マイロくんも荷物持ちを買って出てくれたが、さすがに発作の可能性がある彼に全ての荷物を任せるのは酷《こく》だ。

「強い人が自由に動けた方が、みんなの危険が減る。だから俺は、索敵に専念するよ」

鑑定は動きにくくたってできる。

リュックの中に入っているのは、スコップや斧などの採取道具に、素材を持ち帰る時に使う折り畳み式リュック。切り傷を治すポーション。異常を知らせる発煙筒《はつえんとう》。

それなりに重いが、さほど問題はない。

そう思っていたのだが、リリの表情は晴れない。

「えっと。この中で一番強いのは、アルト様ですよね？」

「え……？」

「なので、私としてはアルト様が自由に動いてもらった方が――」

「やめときなさい。この男にそんなことを言って、理解してもらえると思うの？」

マルリアは首を横に振りながら、リリの言葉を途中でぶった切った。

リリはその言葉を聞いて、ハッと目を見開いて頭を下げた。

「確かにそうですね。ごめんなさい。マルリアさんの言う通りでした」

「別に謝らなくたっていいわよ。悪いのは全部、自己評価が低すぎる、こいつなんだから」

「優しい言葉を、ありがとうございます」

えーっと……？　二人の中だけで話が完結したのか？

自己評価が低すぎるこいつって、俺のことだよな？

俺に対しては優しい言葉じゃなかったんだけど？

そう思っていると、マルリアはどこか諦めたかのように微笑んで、俺に言う。

「あんたも気にしなくていいわよ。どれだけこれに関して議論したところで、話は平行線なんだから。時間は有限、そうでしょ？」

「……まぁ、そうだな」

釈然としないが、素材の採取に多くの時間を割きたいのは確かだ。

そのためにこうして早く部屋を出たんだし。

太陽の姿はまだ見えないが、周囲はずいぶんと明るくなった。

「リリ、杖を貸してもらえるか？」

俺が言うと、リリは杖を差し出してくれる。

「分かりました」

訓練校の周辺。森と訓練校を隔《へだ》てる壁の死角。これから向かう森の中。

リリの杖を使って魔力の霧を広げたが、怪しい気配はどこにもない。

その代わりといってはなんだが、モチヅキ隊長たちは、すでに訓練校を囲むように配置についているようだ。

訓練校に残るミルカたちの心配は必要なさそうだな。

そして、日が昇った。

「それじゃあ、行こうか」

リリ、フィオラン、マルリア、マイロくん。それぞれの顔を見回したあとで、俺は門をゆっくりと開いていった。


三ヶ月ぶりに入る軍部の森は相変わらず静かで、木の葉の擦れ合う音だけが聞こえてくる。

とはいえ、音もなく忍び寄るような魔物だっている。

俺は小さく息を吐き出して気合いを入れた。

「全員、異常はないな？」

俺の言葉に、リリたちは頷く。

森に入る前は和気あいあいとしていた彼女たちも、今は真剣な表情で武器を握っている。

俺はそれを確認しつつ、魔力の霧を森の中に広げていく。

「近くにいるのは、スライムやタスク・ドッグだけだな」

初めて来た時に倒した魔物ばかりで、数も多くない。

今のリリたちなら、一人でも危なげなく倒せる相手だ。

そう考えると、わざわざ倒しに行く必要はない。

なんて思いながら、マイロくんの手を引くマルリアに聞く。

「マルリア、お目当ての素材とかってあるのか？」

「加工が簡単な素材がいいわね。それでいて、索敵能力を上げられるものがいいのよね？」

マルリアはそう口にしながら、がま口のポシェットをパチンと開く。

中に手を入れて、一枚の紙を取り出した。

『素材になる魔物リスト』

裏面にそう書かれた紙に視線をやりつつ、マルリアが大きく胸を張る。

「この森にいそうな魔獣を言っていくわね」
・香木のコボルト
・マンイーター
・デビルマッシュルーム
・カオスツリー

・ウルフツリー
などなど……いくつかの素材を列挙してから、マルリアは俺に言う。

「どうかしら？　ここらへんで採取できるものはある？」

「ちょっと待ってくれ」

俺は聞いた名前を頭の中で繰り返しながら、静かに目を閉じ、鑑定を使う。

【名　前】カオスツリー
【ランク】D

「カオスツリーを見つけたんだが、どうする？」

Fランクであるスライムの二つ上のランク。一筋縄ではいかない相手であることは確かだろう。

しかし、マルリアは平然と口を開く。

「厄介な魔物だって聞くけど、倒せるんじゃないかしら。カオスツリー一体倒せば、杖一本分の素材は手に入るでしょうし、できれば狩りたいわね」

「そうだな、今の俺らならいけるか」

リリの強力な支援魔法があるし、フィオランの正確無比な弓もある。

マルリアだって生産系のスキルだけでなく、戦闘スキルも磨き続けているのだ。

俺は振り返る。

「フィオランたちはどうだ？　いけそうか？」

「もっちろん！　どんな魔物か知らないけど、お姉さんに任せて！」

そう胸を叩くフィオランの横で、リリも杖を握る。

「私も精一杯頑張ります！」

相変わらず、頼もしい限りだな。

俺は思わず微笑みつつ、二人に言う。

「それじゃあ、よろしく頼むよ」

「「はい！」」

初めてこの森に来た時の二人ならともかく、今のリリたちなら大丈夫だろう。

こうして、俺たちは森の奥へと歩を進める。


慎重に、十五分くらいかけながら俺たちはカオスツリーの近くまで来た。

俺はカオスツリーの様子を窺いながら、その周辺を鑑定で入念に調べることにした。

カオスツリー以外の敵とばったり遭遇、なんてことになったらことなので、これまでも魔獣の位置だけは把握していた。しかしここまで来たなら、どのような種類の魔獣がいるかも知っておくに越したことはないからな。

「ん……？」

俺が声を上げたことに耳聡く気付いたのは、リリ。

「アルト様？　どうしたんですか？」

「もう一匹、カオスツリーがいるんだ。少し奥に。せっかくだから、そっちも倒して素材をいただくか？」

合流されると厄介だが、二匹とも倒せばマイロくんの杖も確保できる。

そう思いながらの発言に、フィオランとリリは揃って頷く。

「お姉さんはそれでいいと思うよ？」

「私も大丈夫です！」

マルリアは苦笑して肩をすくめた。

「私もいいと思うけど……やっぱりあんたの鑑定魔法ってすごいわね。泊まりがけで探すような魔物をあっという間に見つけちゃうんだから」

なんて返していいか困ったので、俺は曖昧《あいまい》な笑みを浮かべてから、カオスツリーに視線を向ける。

確かにぱっと見、ただの苗木にしか見えず、鑑定を使わなければ、この距離で発見するのはまず無理だったろうと思う。

泊まりがけで探す魔物だというのも、道理か。

マルリアは『これ以上言っても無駄ね』みたいな顔をしてから、森の奥に視線を向ける。

「それで？　カオスツリー以外に、魔物はいないの？」

「あぁ、今は目の前の敵に集中してくれていい。ただ、万一異変を感じた場合は、俺が即座に撤退の合図を出すよ」

大型の魔物は見当たらず、不自然な魔力の流れも感じない。

訓練校の方角にも魔力の霧を広げてみたが、尾行されている気配もないし、安全だと言えるだろう。

それより、カオスツリーがどのような魔物なのか、知らないな。

深く鑑定をかけてみてもいいのだが、折角マルリアが色々調べてくれているのだ。聞いてみよう。

「そういえば、カオスツリーはどんな感じの魔物なんだ？」

俺の言葉に対して、マルリアは悪戯《いたずら》を仕掛ける子供のような表情で言う。

「そうね。教本を読んだ感じ、あなた向きの魔物だなって感じたわよ。一流の冒険者、特に狩人や斥候にとっては、カオスツリー狩りがいい小遣い稼ぎになっているとか」

「狩人や斥候……？」

俺は首を傾げる。

どうしてそれが、俺向きって話になるんだ？

しがない鑑定士の俺と、一流冒険者に共通点なんてないように思える。

元冒険者であるフィオランに視線を向けたが、フィオランも不思議そうな顔をしている。

リリとマイロくんも、よく分かっていなさそうだ。

クイズみたいなものか？　鑑定を使えば分かるのだろうが、なんだかカンニングをしているみたいで気持ちよくないしな……

そう考えている俺に、マルリアは言う。

「カオスツリーと対峙すれば分かるわよ。それで？　まだ歩くの？」

「いや、もうすぐだよ。ここからは声を抑えて近付こうか」

逃げられるだけならいいが、先制攻撃を許すのは避けたい。

俺らは大木に身を隠し、足音を殺して近付いていく。


五分ほどして、ようやくカオスツリーがよく見える距離までたどり着いた。

遠目で見た時にもただの苗木にしか見えなかったが、この距離まで近付いてもなお、魔物であると目だけで判断するのは難しいように思える。

幹は片手で握れる太さで、横に伸びる枝も、細いものが二本だけ。

強そうな気配すらしない。

唯一、枝の一本の先端に大きな魔石がついているから、どうにか普通の木ではないと判断できる。

マルリアの言葉の真意は未だ分からないが、鑑定を使わず仲間を危険に晒す方が問題だ。

そう結論付けた俺は、カオスツリーに魔力を向ける。

【名　前】カオスツリー
【状　態】生命力：109／109　魔力量：220／220
【能力値】体力：10（F）　魔力：20（D）　物理：0（-）　魔法：20（D）
防御：0（-）　素早さ：0（-）　回避：0（-）　幸運：0（-）

結果、それでもマルリアがどういう意味で俺に向いていると言ったのかは分からなかったが、魔法系統の能力に秀でた魔物だということが判明した。

魔法攻撃がメインで、移動や防御はからっきし、か。

迂闊に手を出すのは危険そうだ。

リリが使える魔法は、支援系のものばかりで、防御魔法は使えない。

まずは、フィオランに矢を撃ってもらい、様子を見よう。

そう結論を出したところで、背後からマルリアが囁《ささや》いてくる。

(これは持っててあげるから。あんたはさっさと、あいつを倒してきなさい)

細い手が、俺の背中からリュックを奪い取った。

両手でリュックを抱え直したマルリアは、声を潜めたまま、背後のマイロくんに言う。

(マイロ。あなたが目指す先が見られるわ。しっかり見てなさいよ？)

（うん。アルトさん、よろしくお願いします）

（え……？　あ、うん……はい）

そう答えたものの……状況がまったく理解できていない俺。

しかし、リリとフィオランも、畳みかけるように言う。

（アルト様。支援魔法は、どれをかけますか？）

（お姉さんの援護は？　必要？）

俺は荷物持ちに徹する。戦闘は三人に任せる――森に入る前に、そう言ったよな？

（えーっと、あのさ。俺としては――）

抵抗を試みる俺の言葉に、マルリアが被せてくる。

（援護なんて必要ないわよ。あんたたちも、安心して見てなさい）

（なぁ、マルリア。一つ聞きたいんだが、さっきの――）

（ほら、さっさと行ってきなさい。時間、あんまりないんでしょ？）

問答無用らしい。

マルリアの顔を見て、カオスツリーを見て、もう一度マルリアを見る。

相手はDランクの魔物。しがない鑑定士である俺には、正直荷が重い。

だが、それでも俺なら倒せると判断したのは何故だ？　そしてマイロくんの目指す先とは……？

マイロくんが鍛えている魔力感知と体術と、俺の鑑定魔法。

そこには共通点なんてないよな……？

そう思っていると、痺《しび》れを切らしたのか、マルリアが答えをくれる。

（あなたが街で消えた時は、本当に驚いたわよ）

マルリアは苦笑いでこちらを見ていた。

そうか、何故気付かなかったんだ。

『一流の斥候や狩人が小遣い稼ぎに討伐する魔物』というヒントから、分かってもよかっただろうに。

俺ができることで、マイロくんの参考になること——斥候において必要な能力。

（なるほどね）

口の中だけで呟いて、周囲に放っていた魔力の霧を消す。

そして、鑑定の魔力を逆回転させる。

これによって、俺は周囲に認識されなくなった。

マイロくんには、俺が突如として姿を消したように見えたのだろう。

大きく目を見開く彼を横目に、俺はゆっくりと歩き出した。

『カオスツリーは索敵能力が低く、接近戦に弱い。だから、不意打ちの手本をマイロくんに見せてやってほしい』

マルリアが言いたかったのはきっと、そういうことなのだろう。

気配を消しているとはいえ慎重に木の裏から出て、カオスツリーに近付いていく。

カオスツリーの周囲には、木や草どころか、コケ一つ生えていない空間がある。

半径二十メートルの円。

その円の中央に、カオスツリーがポツンと生えている形だ。

どう考えても、あの円がカオスツリーの縄張りだよな。

罠を張って待ち構えているのか？　本番はここからってことか。

気合いを入れ直して、円の中に足を踏み入れる。

「……」

魔力の流れに変化はない。嫌な気配も感じない。

さらに距離を詰める。

慎重に、敵の動きを警戒しながら、どのような攻撃にも対処できるように……

大概の魔物は、魔石が弱点だ。

魔石を砕いたり本体と切り離したりすると、魔物は生命維持が困難になる。

そう思いながら、俺は枝の先にある魔石に手を伸ばし――あれ？　軽く引っ張ったら取れてしまったんだが……

カオスツリーは、小さな音を立ててその身を横たえる。

俺は気を張りつつも、魔力の逆回転をやめてカオスツリーを鑑定する。

【名　前】カオスツリー
【状　態】生命力：０／１０９

「何事もなく、終わった……？」

魔法を使った攻撃に備えて、魔力の流れには細心の注意を払い、いつでも短剣を引き抜けるように備えていたのだが、杞憂に終わった。

あまりに呆気ない幕引きに呆然と立ち尽くしていると、後ろから歩いてきたマルリアが肩を揺らしながら言う。

「だから言ったでしょ？　あんた向けの魔物だって」

「そう、みたいだな……」

間違いなくマルリアの言う通りなのだが、どうにも釈然としない。

鑑定が嘘をつかないことを知りつつも、思わず口を衝《つ》いて出たのは、「本当にカオスツリーはDランクの魔物だったよな？」という言葉だった。

「ええ。間違いなくDランクの魔物よ」

確かに手の中にある魔石の大きさは、Dランクに相応しいサイズだ。

「でもなあ――」

「抵抗すらされなかったぞ？」と続ける前に、マイロくんが目を輝かせながら俺に言う。

「アルトさんの体が消えました！　本当にすごかったです！」

「そっ、そっか……それはよかったよ。手本になったかな？」

「はい！　僕も頑張って、消えることができるような斥候になります！」

「うん。頑張ってね」

「はい！」

本物の斥候は消えないだろうし、俺も消えているわけではない。

だが、気配を消す技術は斥候を目指す上で大事だ。

それに、マイロくんが気配を消せるようになれば、俺の鑑定がそれほど常識外れだと言われなくなるのではないか、なんて打算がなくもない。

そんなやり取りが終わったのを見て、マルリアがぱんと手を叩く。

「作業を始めるわ。その魔石と足下にあるカオスツリーの体を貸しなさい。あんたが持ちやすい形に整えてあげる」

「あ、うん。悪いな」

俺はカオスツリーを拾い上げ、魔石と共に手渡した。

マルリアはそれを受け取りながら、小声で囁く。

（無理を聞いてくれたお礼に、頑張って作ってあげるわよ）

俺から顔を背けるように、マルリアはリュックの中から工作用の鉈《なた》を取り出す。

そしてガン、ガン、ガンと、伸びていた枝を切り落としていく。

何回か鉈を振るい、あらゆる角度からカオスツリーの幹を見詰めてから、マルリアは満足そうに頷いた。

「できたわよ」

「……へ？」

枝を切り払っただけじゃ……？　という言葉を慌てて呑み込む。

マルリアが平然とした顔で魔石をリュックに押し込んでいるのを見るに、訓練校に帰ってから魔石を取り付けるつもりだというのは分かるが……

そんな疑念が顔に出てしまっていたのだろう、マルリアが肩をすくめた。

「最初に言ったでしょ？　加工が簡単な素材がいいって」

「まぁ、そうなんだけどさ」

加工しないとはいえ、なんかこう、もうちょっとあるだろ？

持ち手に布を巻くとか。形を整えるとか。ヤスリ掛けをするとか。

そう思っていると、マルリアは口を尖《とが》らせる。

「手抜きってわけじゃないわよ。下手な装飾を施すと効果が下がるから、その形が一番無難だって本に書いてあったの。森の中じゃ本格的な加工なんてできないし、仕方ないでしょ？　訓練校に戻ってからになるけど、仕上げの作業はじっくりやるわよ」

どうやら、そういう話らしい。

そこまで説明を聞いて、俺は自分がどれだけ失礼な態度を取っていたか気が付いた。

「疑ってしまい、本当に申し訳ありませんでした！」

どう考えても、俺が悪い。仲間を信じられないなんて、本当に最低だ。

「ちょ、ちょっと！　突然、頭を地面につけるなんて、やめてよ!?」

マルリアが慌てたような声を上げるが、頭を上げるわけにはいかない。

「誠に申し訳ありません。この通りです」

「謝らなくていいから！　そんなことより、杖として使えるか見なさいよね！」

「かしこまりました！」

本当にマルリアが嫌そうに言ったのを聞き、大慌てで立ち上がった俺は、急いで鑑定を行う。

【名　前】カオスツリーの杖
【製作者】マルリア
【ランク】D
【価　格】7980エン

「杖に問題はありません！　名前も『カオスツリーの杖』になっています！　さすがはマルリア様が加工なされた杖です！」

「な、なんで敬語なの!?　枝を切り払うだけなんて、誰にでもできるじゃない！　変なこと言ってないで、さっさと次に行くわよ！」

そう口にして、俺に背中を向けたマルリアは、森の奥に向かって歩いていく。

普段通りの照れ隠しだ。

俺が疑ってしまった件に関しては、許してくれたのか。

こんなクズを許してくれるなんて、マルリアは本当に優しい。けど——

「マルリア様。一つだけよろしいでしょうか？」

「なっ、何よ？」

「次の獲物がいるの、こっちだぞ？」

パッと振り向いたマルリアが、俺が指差す方角に目を向ける。

俺が示したのは、マルリアの進行方向と真逆。

「しっ、知ってたわよ！　あんたたちが来ないから、ちょっと寄り道しただけじゃない！」

顔が赤いし、これ以上ないほど声が震えている。だけどそれは、言わぬが花だろうな。

正しい進行方向へと足早に歩いていくマルリアを横目に、俺はリリに視線を向けた。

「ってことで、次の獲物に接近する。それでいいよな？」

「もちろんです！　次もアルト様が倒されますか？」

「とりあえずは、マルリアとも相談してから決めるか」

マルリアは照れ隠ししながら、ずいぶん先へ行ってしまったようだし、すぐに相談できそうにない。

とはいえ可能なら、リリや、マルリア、フィオランに相手してもらい、危なそうなら俺がサポートする、という形にしたいのだが。

さっきはマイロくんに手本を示してほしかっただけだろうし、俺が手を出す必要はないだろう。

マイロくんを戦わせるのはまだ危険だから、彼には俺の後ろでみんなの戦いを見ていてもらうつもりだ。

そんなことを思いながら、俺たちは、ちらちらとこちらを振り向きながら進むマルリアの背中を追いかけた。

☆★☆★☆

相談を終えると、マルリアはあっさりと首を縦に振った。

「相性は悪くないと思うし、大丈夫じゃない？　前衛を担う私とリリは支援魔法の力で咄嗟の攻撃も躱《かわ》せるし、私たちが逃しても、後衛の変態が仕留めてくれるでしょ」

最初にカオスツリーを鑑定した時、俺は『リリには防御魔法がないしな』なんてうだうだ考えていたが、なんのことはない、移動速度と反応速度を上げて攻撃を躱せばいいだけか。

どうにも視野が狭まっているな。そう反省する俺に目を向けて、マルリアは肩をすくめた。

「危なくなったら、あんたの助けも入るんでしょ？」

「まぁな。できる限りのサポートはするよ」

不意打ちとはいえ、数分前に一人で倒せたことは自信になっている。

マルリアは俺の言葉に頷いたあとで、深い溜め息をつく。

「それにしても変態が変態じゃなければ、もっと安心して背中を任せられるのにね。変態は死んでも治らなそうだもの。仕方ないわ」

「……そうだな」

いつにも増してマルリアのフィオランに対する舌鋒《ぜっぽう》が鋭いのは、仕方がないことだと言える。

変態こと自称お姉さんのフィオランが、進む方向を間違えて頬を赤らめていたマルリアを全速力で追いかけて、『お姉さんのお姉さんセンサーがお姉さんになれって叫んでいるの！　だからマルリアちゃんは、お姉さんをお姉さんにして！』なんて言いながら後ろから抱き締めて、頬をスリスリしていたからな。

ざっくりと翻訳すると『照れまくっているマルリアが可愛くて、ついついすりすりしたくなっちゃう！』ってところなのだろうが、行きすぎた愛情表現を喜ぶマルリアではない。

まぁ、本気で嫌っているというわけでもないだろうけど。

俺はそんな緩んだ空気を引き締めようと、声音を落とした。

「三人とも、準備はいいな？」

「はい！」

「うん！」

「ええ」

リリはいつも通り元気いっぱい。フィオランは、マルリアの尊い犠牲もあって、お肌ツヤツヤ。マルリアもどうにか切り替えてくれたようだ。

全員が、気合い充分。ならば、俺も手助けしてやりたい。

さっき加工してもらった杖に魔力を注ぎ、鑑定を起動する。

【名　前】カオスツリー
【状　態】生命力：98／98
【素材価値】4万6千エン
【補　足】杖の素材になる魔物。敵が近付くと、無秩序に多量な枝を突如生やし、攻撃する。効果的な攻撃方法は、魔石を引き抜く、根を切るなど。

先ほどは、この距離では名前とランクを見るのが精一杯で、生命力は見られなかった。

そう考えると、マルリアに作ってもらった杖はすごい。生命力以外にもカオスツリーの攻撃手段と弱点に関する情報まで鑑定できたのだから。

俺はマルリアへの感謝を胸に、口を開く。

「近付くと、無数の枝で攻撃を仕掛けてくるらしいから、気を付けること。さっき見せた通り、魔石を引き抜けば戦闘は終わるから、魔石を優先して狙うべきだな。根を切ってもいいみたいだぞ」

俺はそこで一度、言葉を切り、マルリアへ視線を送る。

「それにしても、この杖はすごいな。あ、カオスツリーを鑑定するついでにマルリアの能力も見てみたんだが、加工技術のレベルが上がっているみたいだ」

「そうなの……？」

嬉しそうに聞いてくるマルリアに、俺は頷く。

「ああ。加工レベルが1上がっている。それに、杖の効果は俺が保証するよ」

さすがに店で買ったリリの杖の方が、ランクも値段も上だが、Dランクの魔物から採れた素材を最低限加工しただけのものでこれだけ能力を底上げしてくれるのなら破格だ。

それに俺もまだ、杖の扱いに慣れているとは言い難い。

杖の扱いを覚えて、至高の逸品を手に入れた先に待つのは、どんな世界なのか——好奇心を刺激される。

だが今優先すべきは、リリたちのレベルを上限突破させることと、マイロくん用の杖を用意すること。

そう自分に言い聞かせながら、俺は足を止めて、リリの杖に触れた。

それを見て、他のみんなも杖に触れる。

リリの杖に触れながら脳内で喋ると、同じく杖に触れている者と声を出さずに会話ができるのだ。

（ここからは声を出さずに、限界まで近付くぞ。リリは前衛二人に〈スピードアップ〉をかけてくれるか？）

（分かりました！　それでは行きますね！）

リリはそう言うと、杖に魔力を込める。

フィオランの攻撃力とカオスツリーの生命力を比較すると、フィオランに支援魔法をかける必要はないだろうという判断だ。

（マイロくんは俺の背後に。フィオランの攻撃を合図に、戦闘を始める。全員、準備はいいな？）

そんな俺の言葉に対して、マイロくん、マルリア、フィオランが答える。

（はい！）

（もちろんよ）

（お姉さんも大丈夫！）

全員で顔を見合わせて頷き、それぞれの持ち場に向かって歩いていく。

少しして全員が動きを止め、弓を構えたフィオランが、リリとマルリアに目を向ける。

二人が頷き、フィオランが静かに矢を放った。

「――続きます！」

そう口にしたリリとマルリアが木の陰から飛び出し、敵の縄張りに飛び込んでいく。

リリがカオスツリーの縄張りに足を踏み入れ、その一歩後ろでマルリアがナイフを握る。カオスツリー目掛けて加速するべく、二人が地面を強く蹴り出そうとした瞬間、背後から息を呑む音がした。

「姉さん!!」

叫んだのは、マイロくん。

遅れて、俺も腹の奥底に気持ち悪い感覚を覚える。

感覚的な魔力察知の能力は、俺よりもマイロくんの方が高いらしい。

マルリアとリリは、マイロくんの声を聞いて足を止めた。

彼女たちの数歩先に、カオスツリーの枝がすごい勢いで振り下ろされる。

巻き起こる風で前髪を揺らしながら、マルリアはカオスツリーの右側を指差した。

「リリはそっちに！　私はこっちから攻めるわ！」

「分かりました！」

カオスツリーが動き出す。

細い幹から、新たな枝が生えてくる。

枝は、あり得ない速度で伸び、眼前まで迫っていたフィオランの矢を受け止めた。

「もう一回来るぞ！」

俺がそう叫ぶのと同時に、初めから生えていた二本の枝が、リリとマルリアに襲いかかる。

それをどうにか躱す二人。

「敵の背後に回り込みます！」

リリがマルリアとスイッチして、後退する。

そんなリリの動きを横目に見ながら、マルリアが前に出た。

すると、カオスツリーはマルリアに狙いを定める。

「スピードアップの力を借りるわ！」

マルリアはそう言いながら、敵の懐に潜り込む。

正面から迫る枝を左半身を反らすことで紙一重《かみひとえ》で避け、次の攻撃も大きく跳躍して躱す。

そのままナイフを持った左手を振りかぶり、迫り来る枝にナイフの先端を突き立てた。

伸び続けていた枝が動きを止める——が、これで決着ではもちろんない。

「まだ増えるのよね!?」

「あぁ！　次が来るぞ！」

マルリアがナイフを突き立てた枝の周囲に、魔力が集まっている。休んでいる暇はない。

「枝の先から別の枝が生えてくる！　数は四！」

「分かったわ！」

一度距離を取ったマルリア目掛けて、俺の宣言通り四本の枝が迫る。

上下、左右から挟むように――マルリアを逃がさないように。

「話には聞いていたけど。まともに戦うと、本当に面倒な木よね！」

それらを紙一重で避けながら、マルリアはナイフを振るう。

しかし――

「さらに増えるぞ！」

俺の言葉に、マルリアは苛《いら》立《だ》った声で返す。

「ほんとに、キリがないじゃない！」

ナイフを突き刺した枝は動きを止める。

しかしそれは、マルリアの行動を妨げる障害物になるのだ。

その上で敵の手数が増えているので、マルリアはやりにくそうにしている。

「マルリアさん！　今すぐ私もそっちに――」

リリの言葉を遮《さえぎ》るように、マルリアはぴしゃりと言う。

「このくらい問題ないわよ。今は、自分の身を守ることだけを考えてなさい」

「わっ、分かりました！」

リリが加勢に来たところで、状況が好転しないことを、マルリアは分かっている。

三人が、三方向から攻めるのが、今回の作戦におけるポイントなのだから。

とはいえカオスツリーの背後に回ろうしているリリも、二本の枝に追われ、思うように動けていない。どう見てもジリ貧に見える。

少なくともマイロくんはそう感じたのだろう。

しばらく、苦しい膠着《こうちゃく》状態が続いたあと、いつの間にか俺の上着の裾を握り締めていたマイロくんが、焦りを滲《にじ》ませた表情を俺に向ける。

「アルトさん！　すぐに助けに行かないと！」

俺はそれに答えず、カオスツリーの生命力を見る。

【名　前】カオスツリー
【状　態】生命力：98／98

生命力は、少しも削れていない。

動きを止めた枝は五十を超え、こちら側からは枝の壁に阻まれて、マルリアの姿はかなり隠れてしまっている。

正面からの攻撃は徹底的に躱し、枝を後ろから回り込ませる攻撃はナイフで対処する、という戦法を取っているらしい。

後ろからの攻撃は躱すのが難しいため、そちらだけナイフで受けようという戦略なのだろう。だが、カオスツリーはどうやらそれを学んでいるらしい。背後からの攻撃の割合を増やしているのが見て取れる。

このままではマルリアはいずれ、枝の檻《おり》に閉じ込められるだろう。

同時に動かせる枝は最大で十二本らしく、それよりは増えないことが唯一救いではあるが、十二本を同時に捌《さば》き続ける戦い方をいつまでも続けられるほど、マルリアの能力は高くない。

だけどそれは、彼女自身が一番よく分かっているはず。

「マルリア。手伝いは必要か？」

「何バカなことを言ってるのよ。戦いは、始まったばかりじゃない」

その声から、彼女が虚勢《きょせい》を張っているわけではないことは分かった。

――今はまだ、下準備の途中か。

見ていて不安になるが、部下が大丈夫だと言っていて、信じない理由もなかろう。

自分自身にもそう言い聞かせながら、俺はマイロくんの頭に手を置いた。

「助けを求められるまで、信じて待とう。きっと、大丈夫だ。本当に危なくなったら、俺も飛び込むからさ」

「……分かりました」

ぐっと手を握り締めたマイロくんは、枝を捌き続けるマルリアに視線を戻した。

マルリアはひたすら敵の攻撃を防いでいるだけ。リリだって、敵の背後に未だ回れていない。

――じゃあ、最後の一人は？

視線を横にやると、フィオランがカオスツリーの攻撃範囲ギリギリまで前に出ていた。

カオスツリーは、彼女を警戒していない。マルリアとリリを追うので手いっぱいだ。

「マルリアちゃん、始めていい？」

「ええ！　もちろんよ！」

迫り来る枝を避けながらマルリアは、振り返らず誇らしげな声でそう答えた。

フィオランが矢を番え、大きく息を吸い込む。

「リリちゃんも、準備おっけー!?」

「はい！　大丈夫です！」

今の位置関係を簡単に表すと、俺――フィオラン――枝の壁――マルリア――カオスツリー本体――リリだ。

「それじゃあ、始めるね！」

フィオランの言葉を合図に、マルリアは枝の壁を背にカオスツリーへと駆けていく。

「枝を増やしすぎたのが、敗北の原因かしら」

マルリアの後ろから攻撃しようとしていた枝は、カオスツリー自身が形成した枝の壁に阻まれている。

枝を回り込ませようとしているが、マルリアが幹へナイフを振るう方が数秒早いだろう。

リリに向けていた二本の枝のうち一本が、マルリアに向けられた。

とはいえ、それですらマルリアの攻撃の方が早い。

加えて、それはリリから見れば明確な隙である。

「〈パワーアップ〉を起動します！」

リリは自らに支援魔法をかけ、唯一伸びてきた枝を杖で叩き折る。

これでリリとカオスツリーとの間に、障害物はない。

リリは再度杖を構えてカオスツリーの幹に向けて振りかぶる。マルリアも幹まであと数歩のところまで来て、ナイフを構える。そして――

「当たって！」

枝の壁越しにフィオランが弓を射る。

目が粗《あら》い枝の壁の隙間を通すことくらい、彼女にとっては造作もない。

放たれた矢は、枝と枝の隙間を縫《ぬ》って、カオスツリーへと向かう。

三方向からの同時攻撃。その中でもっとも早く幹に到達するのはフィオランが放った矢――のはずだった。

矢が幹に到達する瞬間、カオスツリーの魔力が爆発するように膨らむ。

生暖かい風が背後から吹き抜け、矢が吹き飛ばされる。
俺は胃を締められるような気持ち悪さを感じ、叫ぶ。
「そいつから離れろ!!」
言いながら、俺は慌てて短剣を抜き、円の中に飛び込む。
感じる魔力の種類が、突然変わった。
その理由は、足を止めたリリとマルリアの前に浮かぶ、黒い枝と紫色の玉らしい。
俺は走りながら、鑑定をそれに向ける。

【名　前】????の捕食枝《ほしょくし》
【提供者】????
【補　足】獲物を捕らえ、食らう枝。外的要因〈????〉の影響により顕現《けんげん》した。

鑑定結果に対して色々と思う箇所はあるが、思考するのは後だ。
あれは、どう見てもやばい！　蛇や鬼の化物と同じ気配を感じる！
俺の横を通り抜けた矢が、紫色の玉に触れた。
異常を察知してもう一度フィオランが放った矢が、玉に呑み込まれた。
矢がすり潰される音が響く。

「なっ――」

嘘だろ……矢を喰ってやがる。

いや、喰っているのは矢だけではない。

秒刻みで紫色の玉は拡大し、触れたもの全てを喰らっている。

カオスツリーの周囲の地面がえぐれ、バリバリ、バリバリ――と、不快な咀嚼《そしゃく》音が耳に届く。

人間があの玉に触れたら、どうなるのか。そんなもの、考えるまでもない。

「リリ、外へ向かって走れ！」

「はい！」

リリは枝の妨害を上手くいなしつつ、紫色の玉から距離を取っていく。

問題は、マルリアだ。

枝の壁を迂回《うかい》した枝が、マルリアの元へたどり着いてしまった。

俺は走りながら、背後に向けて叫ぶ。

「フィオランはマルリアの援護を！　動いている枝を狙え！」

「うん、分かった！」

フィオランはそう言うと、弓に手をかけた。

焦りを滲ませるマルリアの表情を見るに、これはカオスツリーの能力による攻撃などではなく非常事態なようだ。

鑑定結果に〈????〉が並ぶ現状が、まともなわけがない。

そんなことを考えながら、枝の壁を回り込むようにしてマルリアの元へたどり着く。

枝の攻撃を捌いていたマルリアは、俺の存在に気付くと、目を見開いた。

「どうして来たのよ！　私のことはいいから、今すぐここから――」

「――命令だ！　俺の方に来い！」

「っ――！」

問答をしている暇はない。

急激に伸びる十二の枝に狙われ、背後からは捕食枝が迫ってきている。

「信じていいのね!?　あんたも生き残るのね!?」

「あぁ！　俺を信じろ！」

言った瞬間、フィオランが連射した矢が枝の壁を切り裂き、退路を作る。

「早く来い！　道はフィオランが作ってくれる！　逃げることだけに集中するんだ！」

「ええ！」

マルリアは邪魔な枝を潜り抜けながら、俺の方に走ってくる。

「フィオラン！」

俺が合図すると、フィオランの気合いの入った声が聞こえる。

「当たって！」

矢継ぎ早に矢が飛び、マルリアに迫る枝をことごとく撃ち落としていく。

マルリアはフィオランを信頼し、走ることだけに集中して、枝に視線を向けることすらしていない。

それでも、捕食枝の方が僅《わず》かに速い。

「跳べ‼」

「っ――！」

マルリアは、体勢を崩しながら最後の枝を跳び越える。

「〈パワーアップ〉と〈スピードアップ〉を起動します！」

そんなリリの声に次いで、体が軽くなる感覚があった。

俺は宙に投げ出されたマルリアの体を抱きかかえるように受け止め、そのまま円の外に向かって跳ぶ。

マルリアを抱き締めたまま、地面を転がる。

回転の勢いは止めない。より速く、より遠くに！

上を向いているのか、下を向いているのかも分からなくなる中で、背中をどこかに打ち付け、回転が止まった。

「ごほっ――」

「アルトくん‼」

俺たちが転がるのを見て、受け止めるべくここまで来てくれたのだろう。悲鳴のようなフィオランの声を聞きながら、慌てて跳ね起きる。

見えたのは、目の前に迫る捕食枝の姿。

「――チッ！　化物が！」

マルリアを抱え直して逃げるだけの時間はない。

俺は、短剣を引き抜き、軽く腰を落とした。

跳ね起きたマルリアを横目に見ながら、切っ先を捕食枝に向ける。

迫る紫、背後には部下二人。守らなければ。

覚悟を決め、捕食枝の動きを見極めようと目を見開き――

「……止まった？」

思わずそう呟いた。

捕食枝は動きを止めて、ゆらゆらと蠢《うごめ》いていた。そしてそのままゆっくりと縮小していく。

「カオスツリーの縄張りを抜けたのか？」

捕食枝も、カオスツリーの射程圏外までは伸ばせないということらしい。

状況を整理し終えた俺は、大きく息を吸い込んでから、口を開く。

「リリ！　無事だな!?」

「はっ、はい！　アルト様も無事だったんですね。本当に、良かったです……！」

涙を堪《こら》えるようなリリの声が聞こえる。

俺の背後にはマルリアとフィオランがいる。

マイロくんはかなり後方で待機させていたが、じきに来ることだろう。

誰一人欠けることなくこの局面を乗り切れたことに、胸をなで下ろす。

「どうにかなったな……」

改めてそう口にすると、全身から力が抜ける。

すると、背中に何やら温かいものが触れていることに気付く。

「ごめん、なさい……」

マルリアが、俺の背に顔を埋《うず》めていた。

「こんなことになるなんて思わなかった。助けてくれて、ありがと……」

今にも消え入りそうな、小さな声。回された手も、恐怖に震えている。

捕食枝に追われる中で、何度も死を覚悟したのだろう。

そんなマルリアの気持ちが、嫌でも伝わってくる。

俺は微笑み、マルリアの頭にできるだけ優しく手を載せた。

「みんな無事だった。問題は、何一つないさ」

マルリアの作戦を見守ると決めたのは俺だ。

全ての責任は俺にある。それに――

「捕食枝――紫色の玉については、どの本にも載っていなかったんだろ？」

「……うん」

準備に当てられた時間は少なく、魔獣に関する下調べはマルリアしかしていない。

だからと言って、彼女が手を抜くような子ではないことくらい、分かる。

「それにしても前衛が全滅させられかねないような情報が、どの本にも書いてないなんて……さすがに不自然だ」

そう口の中だけで呟く。

蛇や異形に似た気配も感じた上に、全てを鑑定し切れなかった。

俺がそんなことを考えているうちに、マルリアは気持ちの整理をつけたのだろう。俺に背を向けて目元を擦りながら気丈な声で言う。

「そっ、それで？　これからどうするのよ？」

「そうだな……ぐるっと縄張りを避けるように移動してリリと合流。その後マイロくんに頼んで、カオスツリーにトドメを刺してもらおう。俺はその間に捕食枝を調べるよ」

先ほどは咄嗟に鑑定を使ったから、正体を暴けなかった可能性がある。次はじっくり丁寧に鑑定を使おう。

その上で、俺の杖より魔法補助効果の高いリリの杖を借りれば、隅々まで鑑定できるかもしれない。

そう考えての作戦だったのだが、マルリアは勢いよく振り向いて、目を見開いた。

「マイロがトドメを刺す？　あんた、何言ってんの？」

「ん……？」

「あんなに危険な攻撃をしてくる相手よ？　撤退するか、別の素材を探すかの二択よね？　追撃するにしても、機動力の高い私かあんたがやるべきじゃない？　違う？」

マルリアは必死に言ってくるが、俺は首を傾げる。

この状況で撤退？　あり得ないよな？

「どうしてそんな、もったいないことを？」

「マイロが行くなんて、危険すぎるでしょ。違うの？」

「ん……？」

危険？　あー、なるほど。俺は重要な説明を省いてしまっていたらしい。

俺から見たら一目瞭然でも、他の人から見ればそうじゃない。そんな感覚に未だ慣れていないな。

「問題ないよ。あのカオスツリーは、もう攻撃してこないから」

「へ……？」

マルリアは、唖然《あぜん》とした表情を浮かべていた。

そして、正気に戻り「それってどういう――」と口にした時、遠くからマイロくんが駆け寄ってきた。

「姉さん！」

そう口にすると、マイロくんはマルリアに抱き付く。

「姉さん。無事で、本当に良かった……」

「何よ、相変わらず泣き虫ね。みんなを守れる強い男になるんじゃなかったの？」

ふわりと微笑んだマルリアが、マイロくんの頭に手を載せる。

ぽんぽんと撫でられたマイロくんは、涙を堪えるように目をぎゅっと閉じた。

「無茶しないでよ。母さんみたいに、姉さんまで……」

「バカね。優秀な私が、簡単に死ぬわけないじゃない。そうでしょ？」

「……うん」

子供をあやす母のような、優しい声。

本当に、無事で良かった。二人を見ていると改めてそう思う。

7　マイロくんの頑張り

マイロくんが落ち着くのを待って、リリと合流する。

その頃には、捕食枝は姿を消していて、鑑定するのは難しそうだ。

だけど、仕方ない。安全が第一だ。

俺はひとまずマイロくんにカオスツリーにトドメを刺してもらうことをみんなに告げた。

「マイロさんに戦ってもらう……って大丈夫なんですか？」

「さっきも言ったけど、そんな危ないこと、認められるわけないじゃない！」

「ん～。お姉さんもね？　さすがに無理なんじゃないかなって思うよ？」

そう渋い顔で言うリリ、マルリア、フィオラン。

結果は、反対多数となった。

しかしマイロくんだけは、前向きに聞いてくる。

「アルトさんは、僕ならできるって思ってくれているんですよね？」

「そうだね。それに、マイロくんが強くなるためには、避けては通れない道なんだ。念のために、俺も付いていくからさ」

マイロくんはもっと強くなりたい、役に立ちたいと思っている。

それならば、自分の手で魔獣を狩る経験は、早めにしておくに越したことはないだろう。

安全なことを示すためにも、俺はカオスツリーの縄張りより二回りほど大きな穴の中にすとんと下りる。

先ほどまでは平地だったが、捕食枝が地面をえぐったせいで、縄張り一帯が大きなクレーターのようになっているのだ。

「――ちょっと!?」

「アルト様!?」

背後からマルリアとリリの悲鳴に似た声が聞こえたが、周囲の魔力に変化はない。

枝が襲ってくる気配もない。

俺がみんなにも下りてくるようにジェスチャーすると、マルリアが不安そうな顔をした。

「確かに攻撃してこないみたいだけど、本当に大丈夫なんでしょうね？」

「あぁ、問題ないよ」

「……そうよね。規格外なあんたの言葉だものね」

苦笑いを浮かべて肩を揺らしてから、マルリアもぴょんと下りてくる。

無言で顔を見合わせたリリとフィオラン、マイロくんも、それに続く。

そして俺たちは、細心の注意を払いながら、二分ほどかけて幹の元へ。

「マイロくん。お願いできるかな？」

「はっ、はい……」

カオスツリーの幹に、硬い顔のマイロくんが手を伸ばす。

緊張しているのか、その指先が震えていた。

やがて爪の先が魔石に触れて――

「取れました」

マイロくんは信じられないものでも見るかのように、カオスツリーの魔石を掲げて見せた。

——無事にトドメを刺せたらしいな。

そう思っていると、何故か周囲から、じっとりとした視線を向けられていた。

リリがこてりと首を傾げながら聞いてくる。

「アルト様が、魔法で敵の動きを制限したんですか？」

フィオランも胸の前で腕を組み、カオスツリーの魔石と俺の顔を見比べながら口を開く。

「ねぇ、アルトくん。お姉さんたちに内緒で、また何かしちゃったの？」

マルリアは大きな溜め息をついた。

「洗脳、意識破壊《マインドブレイク》、時間停止も考えられるわね。一応、聞いてあげるわ。何をしたのか、包み隠さず白状しなさい」

「……いやいやいやいや！　そんなことしてないから！」

人聞きが悪すぎる！　こちとら、しがない鑑定士だぞ!?

意識破壊に、時間停止？

勇者や魔王が使うような魔法を、俺なんかが使えるわけがないだろ！

「俺は本当に、何もしてないからな？」

俺は必死にそう言い募るが、フィオランが俺の肩に手を置く。

「大丈夫。お姉さんは、分かってるわ。いつものアルトくんなのよね？」

「……」

絶対に、何も分かってないよな？　いつもの俺ってなんだよ。

チラリとマイロくんに視線を向けたが、曖昧に笑うだけで、フォローの言葉はない。

「みんなって、俺の仲間だよな？」

そう信じていたが、誰一人味方してくれないのは、さすがに酷くないか？

「一応、言っておくけど――」

俺は言いながらカオスツリーを鑑定し、その結果を紙に書き写して見せる。

【名　前】カオスツリー
【状　態】生命力：0／88　魔力：－326／204

「カオスツリーが動かなかったのは、ただの魔力切れだからな？」

俺が言うと、みんなはぽかんと口を開ける。

「「「……へ？」」」

そんな面白い反応を見つつ、種明かしでもするような気持ちで地面に横たわる苗木に目を向けながら続ける。

「紫色の玉を召喚するために、大量の魔力が必要だったんだろうな。無理に発動したせいで、魔力がゼロどころかマイナスに振り切れているんだ」

魔力を失ったカオスツリーなんて、ただの枝だ。

魔力が回復するまでは、まともに動けないからな。

人間であれば、頭痛、腹痛、吐き気、目眩《めまい》、全身疲労、この世の地獄を詰め合わせたフルコースを味わうことになる。

魔力のマイナス値がまともに戦える状態じゃないのは、王国でそんな地獄を日常的に味わっていた俺が誰よりも知っている。

「ん～、と？　つまりアルトくんは、鑑定を使って敵が動けないことを知った。そういうこと？」

「そうなるな」

俺はそう答えながらみんなのステータスも鑑定で確認する。

Dランクの魔物を倒したらどれだけステータスが上昇するのか気になったのだ。

おお、リリとフィオラン、マイロくんの三人はそれぞれ、技術上限が1ずつ、マルリアは、一気に2も上がっているな。

「言われてみれば、そうよね！　アルトくんの鑑定なら、敵の状態をリアルタイムで見れちゃうもんね！　一応は納得したかな！」

うんうんと、フィオランが首を縦に振る。

隣にいたマルリアが、額に手を当てて溜め息をついた。

「本当に今更だけど、あんたの鑑定魔法、万能すぎるでしょ」

「あー、うん。どうやらそうらしいな」

その辺はもう散々言われた。

本当に今更だ。

「また新しいことを始めたのかと思って心配したじゃない……疑って悪かったわ」

「いや、気にしてないよ」

何を見て安全だと判断したのか、予め説明しておかなかった俺にも責任がある。

さてと、ひとまず一件落着だな。

それじゃあ、本格的に調べるか。

「リリ、悪いんだけど、杖を貸してもらってもいいか？」

「え？　あっ、はい。どうぞ」

すでに捕食枝は消えてしまっているが、もしかしたら何か手がかりが残っているかもしれない。

ただ、魔力を向けることで何か悪い影響が現れる可能性があるから——

「マイロくんはリリの側へ。フィオランとマルリアは、周囲の警戒を」

それから「よし」と俺は気合いを入れる。

両手で杖を握り締めて魔力を杖に注ごうとした時——フィオランの足下で、何かが太陽の光を反射して光った。

「ん……？」

先ほど鑑定を使った時には引っかからなかったが……何やらそれを調べてみる必要があるような気がした。

鑑定士のカンってやつだろうか。

「フィオラン。ゆっくりと五歩くらい横にずれてくれないか」

「へ？　う、うん……」

ぎくしゃく動くフィオランを横目に、俺は魔石を握るマイロくんの方を向く。

俺が最初に背負っていたリュックは、今はマイロくんが持ってくれている。

「申し訳ないんだけど、リュックを借りてもいいかな？」

「もちろんです。どうぞ」

「ありがとう」

危険な気配はないが、念には念を入れて。

俺はそう思いながら、リュックから〈魔力封じの布〉を取り出した。

これから調べようとしているものを拾う際に、よからぬ魔力が溢《あふ》れ出したとしても、布で包み込めば影響は最小限に抑えられるはずだ。

先ほどまでフィオランがいた場所を覗き込む。

落ちていたのは、小指くらいの小さな刃物。

細長い刃は黒く、鞘《さや》どころか持ち手すらない。

形状は、投げナイフに似ている。

俺は魔力封じの布で小さな刃物を包み込むようにして拾い上げる。

「この刃物は、杖なしの鑑定魔法では感知すらできなかった」

「アルト様、それって……」

驚いた顔で紡がれたそんなリリの声に、俺は頷く。

「たぶんリリが考えている通りだと思う。蛇や異形と関わりがある可能性が高い」

唐突に異常な力を発揮したカオスツリーと、その側に落ちていた、鑑定をすり抜ける刃物。

これらが無関係だと断ずるのは無理があるだろう。

「マイロくんは、魔力の流れを重点的に見てくれ。他のみんなは周囲の警戒を」

表情を引き締めて頷く仲間の姿を横目に見ながら、俺は魔力封じの布を下敷きに刃物を地面に置き、リリの杖に魔力を込める。

何倍にも膨らんだ魔力を体中に巡らせ、霧状に変えて周囲に展開。

「……」

周囲におかしな反応はないな。

これで心置きなく刃物の鑑定に集中できる。

「始めるぞ」

自分に言い聞かせるようにそう口にして、刃物に全ての魔力を注ぎ込む。

【名　前】？？？？の欠片《かけら》（模造品）
【製作者】？？？？
【ランク】測定不可
【価　格】測定不可
【補　足】〈？？？？〉の助言を受けた〈？？？？〉の手で作られた〈？？？？〉。
　再現度が低く、〈？？？？〉を呼び出す効果はない。魔物を狂暴化させ、実力以上の力を引き出すことが可能である。

〈？？？？〉で表示される部分は多いが、鑑定自体はできた。その抜けている部分も、なんとなく推測できそうだ。

　明確な前進ではあるが――

「正直、見たくなかったな」

思わずそんな言葉と共に、溜め息がこぼれる。

模造品。製作者。魔物の狂暴化。

どの単語も、キナ臭い。

それに『欠片』という単語からは、どうしたって異形と戦った時に現れた〈邪神の欠片〉を連想してしまう。

面倒ごとの気配を感じるな。

「アルト様？」

「どうしたのよ？」

「杖を使ってもダメだったの？　お姉さんに手伝えることはある？」

リリ、マルリア、フィオランが心配そうに聞いてくるので、俺は心配させないように首を横に振る。

「……いや」

魔物を強くするものを、誰かが作っている。

再現度が低い模造品ということは、より『本物』に近しいものを作ろうとしている可能性が高い。

そんな情報を聞かせてしまえば、否が応でも、彼女たちも面倒ごとに巻き込まれてしまうだろう。

さすがに、そんな情報をみんなに話すわけには――

「あんた、また変なこと考えてるでしょ？」

マルリアに図星を指され、俺は一瞬言葉に詰まる。

「……いや、そんなことは」

「顔に出すぎなの。いつも言ってるわよね？　素直に白状して、早く楽になりなさい」

マルリアはそう口にして、クスリと肩を揺らした。

周りを見回すと、リリもフィオランもマイロくんも同じような表情をしている。

「面倒ごとに巻き込まれるぞ？」

俺の言葉にも、マルリアは臆《おく》さず即答する。

「あら？　今までもずっとそうじゃない。蛇、狼、鬼、今回はストーカーでしょ？」

「まあ、そうなんだけど」

大きく息を吸い込んで、空に向かって吐き出す。

他の三人も同じ意見らしく、俺が説明するのを待っているようだ。

危険だと知りながら、誰も引く気はないってことか。

黒い刃物に視線を落としてから、改めて魔力の霧を周囲に広げる。

「マイロくん。不穏な気配は？」

「感じません」

俺も同意見だ。

目の前にある黒い刃物からも、嫌な感じはしない。

俺は決心して、部下達に目を向ける。

「少し近付いてもらえるか？」

念には念を入れて、小さな声でそう告げた。

小さな刃物を魔力封じの布で包み込んでみんなが見やすい高さにまで持ち上げる。全員の顔を見回してから重い口を開く。

「これってなんだと思う？」

『分からない』と返ってくるという俺の予想に反して、フィオランが俺の手を覗き込むように膝を曲げながら言う。

「お姉さんは、吹き矢の矢かな～って思ったんだけど」

「吹き矢？」

「うん。もしくは麻《ま》酔《すい》銃《じゅう》みたいに、筒《つつ》が太い銃の弾とか？」

「……なるほど」

フィオランは弓士――遠距離戦闘のエキスパートだ。おそらく、その見立ては正しいはず。

そう納得していると、リリも口を開く。

「アルト様。これ、支援魔法がかけられていますよね？」

「え……？　そうなのか？」

少なくとも、俺の鑑定ではそういった情報は出てこなかった。

しかし、リリは確信しているかのように続ける。

「はい。やり方は不明ですが、少なくとも十個以上の支援魔法がかけられています。どんな魔法がかかっているのか詳細には分かりませんが、〈スピードアップ〉と〈パワーアップ〉の気配を中心部に感じます」

複数の魔法で強化された物品……なんとも面倒な代物だ。

俺はリリに目を向けた。

「俺が知らないだけかもしれないが、支援魔法って、ものにも使えるのか？」

「一般的には無理だと思います。ただ、アルト様の鑑定魔法っていう規格外を知っているので、驚くほどでもないかなって」

「……なるほど」

ゴクリと息を呑む俺の隣で、マルリアが溜め息をつく。

「つまり、自然発生したものじゃない、って認識でいいのよね？」

俺はどう答えたものか迷い、黙る。

既存の知識を超えた魔法を施された代物――部下たちに関わらせてはならない案件だと思う。

しかし、その沈黙から事態を察したのか、マルリアは苦笑いを浮かべた。

「蛇の化物を生み出したナイフ――あれを作ったのと同じ組織によって生み出された可能性が高いとあんたは考えている……違う？」

「……その通りだな」

大きさこそ違うが、刃の形状は同じ。言い訳もできないほど、蛇の化物を生み出した短剣に似ている。

マルリアはさらに言葉を続けた。

「それを知ってしまったら、こいつを作り出した組織に追われることになる。だから、みんなには言えないーみたいに考えていたんでしょ？」

「……」

黙った俺を見て、マルリアは大きな溜め息をついた。

「やっぱりバカでしょ、あんた。私たちの覚悟を軽く見ないでよね。今回は何があっても、あんたの側で戦い続けてやるつもりなんだから」

リリ、フィオランも大きく頷いて、同意を示す。

「マルリアさんの言う通りです！　異形と戦った時のように、置いていかないでください！」

「うんうん。お姉さんも同じ気持ちだよー。これが、惚《ほ》れた弱みってやつかなー」

「——みにゃぅ!?　なっ、何言ってるのよ変態！　惚れてなんかないわよ！　部下としての覚悟！　あくまでも部下としてなんだからね!?」

顔を赤く染めたマルリアが、『うがー』とフィオランに言い募る。

それを迎え撃つように、両手を広げたフィオランが、小さな体を抱き締めた。

「素直になれないお年頃、可愛いよ～、すごくいいよ～。お姉さんがマルリアちゃんのお姉さんだよ～。はぁはぁ」

「離れなさいよ、変態！　さーわーるーなーーーー!!」

本気で嫌がるマルリアに頬をくっつけて、すりすりともてあそぶフィオラン。

そんな二人のじゃれ合う姿を横目に、マイロくんが小さく笑った。

「アルトさんは、一人で抱え込みすぎです。僕たちにも苦楽を共にさせてください。安全な場所で待っているのも、それはそれで辛いんですよ？」

マイロくんはずっと、みんなの帰りをベッドで待つ生活だったもんな。

気持ちは痛いほど分かる。

部下は覚悟を見せてくれた。だとするなら、俺も頼る勇気を見せるべき、なのだろうか。

「次は何をしたらいいですか？　精一杯のお手伝いをさせてください」

マイロくんの言葉に俺は腕を組んで考える。

「そうだな……この刃物の製作者を突き止めなくちゃならないな。そのために必要なのは、より良い杖だ。当初の目的通り、効果の高い杖を作れる素材の採取をしたい。手を貸してくれるか？」

「もちろんです！」

「お手伝いさせていただきます！」

マイロくんとリリが、嬉しそうに笑ってくれる。

視線を横に向けると、マルリアとフィオランの攻防はまだ続いていた。

「そこは本当にダメだから!!」

「良いではないかー、良いではないかー」

「さーわーるーなーーー！」

どんな魔物を狙うのかは、フィオランの気が済んでから考えることにしようかな。

そんなことを思いながら、俺は森の奥に視線を向けた。

折角だし、今のうちに目ぼしい素材がないか探しておくか。

頬をスリスリされるマルリアを横目に見ながら、リリの杖を使って、魔力の霧を広げていく。

すると――

「……ん？」

【名　前】スペシャルマッシュルーム
【ランク】B

王国時代に何度も鑑定させられた高級素材が、鑑定に引っかかった。

8　新たな杖

「王国で重宝されていたキノコ、ですか？」

俺がみんなに「スペシャルマッシュルームを採取しに行こう」と伝えると、リリが首を傾げながらそう言った。

「そう。貴族様お抱えの技師からの依頼で、何度も鑑定させられたよ」

加工前ですら一個6万エンもする、Bランクの素材。

魔物から採れる最高級の素材には劣るが、間違いなく高級品だ。

「上司だった男爵が『スペシャルマッシュルームを使って、子爵様の魔剣を作る！』って言ってたんだ。だから、杖も作れたりしないかなと思ってさ」

剣作りの現場を見る暇なんて、一秒もなかったけどな。

ただ〝魔〟剣が作れるということは十中八九、魔法系の素材なのだろう。

そんな思いを込めて、マルリアに視線を向ける。

マルリアは魂が抜けたような顔をしながら、フィオランに背後から抱き締められていた。

彼女はその状態のまま、器用に肩をすくめる。

「またすごいものを見つけたわね。杖が作れる高級素材って言われたら真っ先に思い浮かぶ名前よ」

「そうなのか？」

「えぇ。魔法部隊で活躍した褒美としてスペシャルマッシュルームの杖が与えられるくらいには、優秀な素材ね」

俺が使いこなせるかは別として、悪い代物ではないらしい。

フィオランもマルリアを抱き締めたまま首を傾げた。

「お姉さんがいた冒険者ギルドでも『スペシャルマッシュルームの杖は、成功の証《あかし》』って言われてたね！」

「なるほどな。採取や加工に際して危険はないのか？」

それにはマルリアが答える。

「素材の加工に際する危険性は五段階で表すんだけど、ゼロって書いてあったから、大丈夫だと思うわよ」

「そうか、それならマルリアの練習にも良さそうだな」

最終的には、近くで詳しく鑑定して決めるが、次に狙う獲物は、スペシャルマッシュルームでいいだろう。

俺は頷き、みんなの顔を見渡した。

「スペシャルマッシュルームを採取して、当初の予定通りマルリアに杖の製作を頑張ってもらう。ダメだったら、どこかに持ち込んで加工を頼む。それでいいな」

「ねえ、やっぱりあんたって、バカでしょ？　スペシャルマッシュルームは加工が難しい上に月に一個見つかるかどうかの珍しい素材なのよ？」

そこで一度言葉を区切ると、マルリアは悔しそうに目を伏せた。

「失敗するのが分かっているのに、私が使えるわけないじゃない」

「危険はゼロだけど、高い加工技術が求められる——そういうことか？」

俺が聞くと、マルリアは投げやりに言う。

「ええ。よーやく理解してくれたみたいで安心したわ」

失敗を前提に経験を積むにしても、そんな珍しいものを使うのは怖い——マルリアの主張には、納得できる部分も多い。

だけど一つだけ、分からないことがある。

「スペシャルマッシュルームって、そんなレアな素材なのか？」

「そうよ。ほんとーに、珍しいキノコなんだから」

「そうなのか……」

俺は、改めて周囲に魔力の霧を向けた。

闇雲《やみくも》に探していた先ほどとは違い、今度はスペシャルマッシュルームの反応に絞って探知してみる。

「南東に五個。北西にも、二十個くらいはあるみたいだ。群生地が反対の方角にあるからちょっと歩くことになるけど、大量に採取できそうだぞ？」

「「「……」」」

俺以外の全員が、唖然とした顔をしていた。

持ち込んだ採取道具の中には、折り畳めるスコップが二本ある。

軍部の森を奥に進み、鑑定で見つけたキノコをみんなで掘り起こす。

「本当に出てきたわね」

「スペシャルマッシュルームが地面の下にあるなんて、本当に驚きました！」

マルリアとリリが目を丸くして驚いている。

スペシャルマッシュルームは、頭より高い木の上に生えるというのが通常の認識らしい。

不審者を見るような目を向けられているが、そこにあったのだから仕方がない。

まぁ土の中にランダムで埋まっているものを見つけるなんて、鑑定でもなければできないだろうしな。

「次はそこだな。ここにも埋まってる。それに、そっちにもある。みんなで手分けして掘り出すか」

そんな感じで、次々と地面を掘り返していく。

……本当にざくざく掘れるな。

そうしてキノコ狩りを始めて一時間くらいが経過した。

フィオランが呆れたように言う。

「ねぇ、アルトくん？　この量は危ないんじゃないかな〜、ってお姉さんは思うよ？」

「あー……うん。そう、だよな」

魔物と遭遇しなかったおかげで、作業は順調に進んだ。

みんなの汗と涙の結晶が、予備のリュックに詰め込まれている。

月に一個しか見つからないキノコが、山積みだ。

フィオランやマルリアと顔を見合わせながら、起こり得る未来に思いを馳《は》せる。

スペシャルマッシュルームの価格は大暴落。その影響は、全ての素材に波及する。

どう考えても、やばいよな。

「当たり前じゃない！　どうするのよこれ！」

いやだって掘れたもんは掘れたわけだし、マルリアも止めなかったよな!?　なんて言ったところで不毛でしかない。

俺はただ「どうしようか……？」と繰り返す。

埋め直してもいいか？　などと思うが、もったいない気がしてしまう。

そんな俺たちから少しだけ離れた場所では、リリが小さな穴に手を突っ込んでいる。

頬を地面に押し当てていた彼女が、手を穴から引き抜きながらこちらへ笑顔を向けてくる。

「採れた！　アルト様！　大きなものが二つも採れました！」

リリが大きなキノコを掲げて、目を輝かせていた。

同じように隣で地面を掘っていたマイロくんも、嬉しそうにこちらを向く。

「僕の方も二個採れました！」

どうやら無事に、新しいスペシャルマッシュルームを発掘したらしい。

二人が持っているものを売り捌くだけでも、24万エンを手にできてしまう。

俺はひとまず思考を放棄して言う。

「あー、うん。二人ともお疲れさま。とりあえず、休憩にしようか」

「「分かりました！」」

リュックに入っているスペシャルマッシュルームの数は、十七本。総額１０２万エン。

途中からリリとマイロくんのスイッチが入ったようで、ほとんどはその二人が採ったものだ。

6万エンがポコポコ発掘できると考えれば、二人の気持ちもよく分かる。

「なぁ、マルリア。この量を穏便に売り捌くって、無理だよな？」

「当たり前じゃない！　一年間で見つかる量を余裕で超えてるのよ⁉　不可能に決まってるでしょ！」

「だよな……」

仮に売り捌くことができたとしても、変な噂が確実に流れる。

今でさえ噂の渦中《かちゅう》だ。燃料を投下するのは、本当にまずい。

とはいえ、キノコは加工しないと保存も利《き》かない。

無邪気に掘り続けてくれた二人には悪いが、持って帰れても三個くらいか……

「定期的に掘りに来てもいいかもな」

お金になるのはもちろん、マルリアの訓練にも使えるし。

とはいえ今回は、引き上げよう。

そう思いながら、口を開く。

「リリもマイロくんも、こっちに来てくれるか？」

「はい！」

「分かりました！」

無邪気で元気なのはいいが、ちょっと頑張りすぎだな。

二人とも、頬が泥《どろ》だらけだ。

「マルリア。リリの顔を拭いてもらえるか？　マイロくんは、こっちに」

そう言った俺の前で、マルリアがマイロくんの腕を取った。

「バカね、逆よ。私がマイロの泥を落とすわ」

「ん？　逆？」

「リリをあんたに任せるって言ってるの」

何故に？　いや、まぁ、俺としてはどっちでもいいんだけど……

弟の世話は姉の仕事、ってことか？

「リリ。こっちに来てくれるか？」

「ひゃっ、ひゃい！」

何故かギクシャクした動きで歩いてきたリリの正面に立ち、軽く膝を折る。

視線を合わせつつ、リリの頬にタオルを近付けた。

「温かいタオルがあれば良かったんだけど、今はこれで我慢してくれ。目を閉じてもらえるか？」

「わっ、分かりまひた！」

川の水で濡らしたタオルをリリの頬に押し当てる。

丁寧に、優しく、きめ細かな肌を傷付けないように。

「こんな時に、加熱系や清潔《クリーン》の魔法が使える仲間がいれば良かったんだろうな」

素質を持つ子に会ったら、スカウトしてみるか？　そんなことを思いながら、赤みを帯びたリリの頬を丁寧に拭っていった。


リリの顔を拭き、泥で汚れたスコップを洗い終えた俺は、どさっと草原に身を投げ出す。

木々の隙間から見える太陽は、ずいぶんと高い位置まで昇っている。

「もう少しで昼か……」

そんな俺の呟きに、手を洗っていたリリが動きを止めた。

「お弁当は持ってきてませんよね？　どうしますか？」

言葉自体は悩んでいる感じだが、リリの視線はある場所に釘付《くぎづ》け。

その先には、道中で狩ったスライムやタスク・ドッグが置かれている。

そういえば前回の狩りでも、スライムの刺身に目を輝かせていたな。穴掘りを頑張ってくれたご褒美も必要か。

「ちょっと早いけど、お昼の準備を始めようか。解体は、フィオランに任せるよ」

「りょーかい！　お姉さんが、ズバババー、バビュー、ってやっちゃうよ～」

……うん。ズバババーはなんとなく分かるが、バビューってなんだ？

「お姉さんの指に火をつけろ～！　お～！」

これは、あれか？　俺の腕が火を噴くぜ！　とか、そんな感じか？

深く考えるのはやめよう。

「調理はリリとマイロくんの二人に頼んでもいいかな？」

「はい！」

「任せてください！」

そうして三人に準備してもらっている間に――

「マルリアは俺と一緒に、スペシャルマッシュルームの加工をする。それでいいよな？」

「……そうね。どうせ持ち帰れないのなら、この場で使うしかないわよね」

「そういうこと」

マルリアは溜め息をついて、空を見上げた。

本人は自信がないみたいだが、マルリアなら成功するって、俺は勝手に思っているけどな。

仮に成功しなかったとしても、〈精製術〉や〈鍛冶士〉のレベルが上がってくれれば御《おん》の字《じ》だし。

そう思いながら、俺たちはそれぞれの作業へ向かった。


「それじゃあ、始めようか」

料理をする横で加工をするのもなんなので、俺とマルリアは川辺に来た。

スペシャルマッシュルームに手を伸ばしかけて、俺はハッと振り向く。

「これって、普通に洗ってもいいよな？」

「ええ。問題ないと思うわよ」

「了解」

そうして二人でスペシャルマッシュルームの泥を洗い流してから、俺はマルリアに聞く。

「とりあえず一個使ってみるか？」

「……分かったわ」

白くなったスペシャルマッシュルームを前に、マルリアが緊張で喉を鳴らした。

「ちょっとだけ待ってなさい」

マルリアは慌てたように駆け出して、リュックを持ってくる。

そして中から小さな紙の束を取り出した。

色々な本から要点だけをまとめた、マルリアお手製の資料集だ。

次いで、工作用のナイフも取り出す。

資料集を流し見て、マルリアは苦笑いを浮かべる。

「記憶通りの難しさね。逆に安心したわ」

そう言葉を紡ぎながら天を仰ぎ見た。

そんなマルリアの姿を横目に見ながら、俺はスペシャルマッシュルームに手を伸ばす。

「それで？　どうやって加工するんだ？」

「自分の目で見たらいいわ。無謀すぎて笑えるわよ？」

見せられたページに書いてあるのは、『スペシャルマッシュルーム。難易度★★★★☆。□』の記載。

その下には、『考えるな、感じろ』とも書いてある。

「どういう意味だ？」

「そのまんまよ。難易度が四以上の素材は、個体ごとに加工の手順が違うの。だから『全て職人のカンが頼り』なんだそうよ」

「なるほど」

「ちなみに□《しかく》は、成功したら四角い形の素材になるって意味ね」

それで□の表記があるのか。

にしても、考えるな感じろ、ねぇ……

「とりあえず、額にでも当ててみるか？」

冗談のつもりで言った俺の言葉通りに、マルリアがキノコを額に当てる。

俺も真似てみたが、額がひんやりするだけだ。

「どうだ？　何か感じたか？」

「感じるわけないじゃない」

まあ、そうだよな。

改めて白いキノコをまじまじと見詰めたが、感じるのは食欲くらい。

「これって、食えるのか？」

「杖の素材になるものが、食べられると思うの？　カオスツリーの枝、食べてみる？」

「いや、俺が悪かった」

確かにそうだよな。

見た目だけなら、パスタに混ぜても違和感なさそうだけど。

まぁ、もし食えたとしても、だからなんだって話だし、もったいないし。

だからといって、このまま何もしないのもな……

「とりあえず、四角く切ってみるか？」

「一個6万エンよ？」

「そうは言っても他にできそうなこともないだろ？」

「それは……そう、なんだけど……」

一個6万エンの高級品——保護施設で質素な生活をしていたマルリアにとっては、そう簡単に割り切れるものではないとは思うが。

「使えない金は、あっても意味はないからな」

仕事に追われて飯を食べる時間もなかった俺にとって金は、何かを得るための手段だ。

すごい杖を手にできる、あるいはマルリアの能力が育つ可能性を秘めたキノコがあるのなら、使わない手はない。

「何度も聞くが、危険はないんだろ？」

俺の言葉に、マルリアは頷く。

「ええ。それは間違いないわ」

「それじゃあ、試しに切ってみるからな？」

俺は言いながら、愛用の短剣を引き抜く。

短剣が傘の部分に触れた瞬間に、白かったキノコが黒く変わった。

「へ……？」

もう一度傘に刃を突き立てると、切っ先から岩を叩いているような手応えを感じる。

「なるほどな。失敗すると黒くなるのか」

黒くなったスペシャルマッシュルームを手に取って、魔力を流してみる。

うん、杖としては使えそうもないな。

「まぁ、そうなるよな。次はどうするか」

そう思いながらマルリアに視線を向けた。

マルリアの目は、黒くなったキノコに釘付け。

唖然とした唇からは、悲鳴のような声が漏れる。

「朝食の目玉焼き六千日分が、一瞬で……」

あー、うん。なるほど。

６万エンのキノコを一個10エンの卵に換算したら、さらにもったいなく感じてしまうよな。

せめて、この前の焼肉に換算しませんか？

「さっきも言ったけど、このまま持ち帰っても腐るだけだからな？」

「わっ、分かってるわよ！」

マルリアはぷいっ、と俺に背を向け、大きく息を吸い込む。

（無料。タダ。鑑定魔法で採り放題……）

そう何度も呟いてから、平らな石の上にキノコを載せた。

そこで動きを止めて、ゆっくりと振り返る。

「ほっ、本当にやっていいのよね⁉　絶対に失敗するわよ⁉」

「分かったから。俺が今失敗してみせたろ？　失敗した時に、何かしらコツが掴める可能性もあるし、思い切りやっていいぞ」

「そっ、そうよね……無料、無料、無料！」

叫ぶような声と共に気合いを入れて、マルリアはナイフをスペシャルマッシュルームに近付けていく。

「ぁっ……」

小さな悲鳴。

結果は失敗。

刃が触れた場所から、白いキノコが黒く変色していった。

「何か掴めたか？」

そんな俺の問いに、マルリアが無言で首を振る。

優秀な素質があっても、一発で成功するなんて思ってない。

俺はマルリアの背中に手を添えて言う。

「泣かなくていいんだぞ？」

「なっ、泣いてないわよ！」

いや、すげー鼻声だけども。

6万エンの価値があるとはいえ、さすがにビビりすぎじゃないか？　無料で拾ったキノコだぞ？

そうは思うが、マルリアの手先は震えていて、酷く怯えた目をしている。

金銭関係で酷いトラウマでもあったのか？　そんな考えが頭をよぎるが、直接聞くのは配慮に欠けるか。

なんにしても、これで残り十五個。

「さて、どうするかな」

レベル上げのための失敗だと割り切って、マルリアに消費してもらうのがいいと思っていたが、ここまで落ち込まれると、さすがに可哀想な気がしてしまう。

そんなことを考えているとマルリアの視線が、籠《かご》に盛られた白いスペシャルマッシュルームに釘付けになっていることに気付く。

顔に張り付いているのは、先ほどまでの不安な表情でなく、何かに取り憑《つ》かれたかのような表情。

マルリアは籠に向かって手を伸ばし、一つのスペシャルマッシュルームを手に取った。

「これ。他のと、ちょっとだけ違う気がしない？　なんかこう……ぼんやりとした、不思議な感じ？」

マルリア自身もよく分かっていないのだろう、不思議そうに首を捻《ひね》っている。

ひとまず籠の方に魔力を向けてみることにした。

するとマルリアが持つキノコから、特殊な気配を感じる。

「マルリア！　そのキノコを――」

俺はそこで、言葉を止めた。

マルリアが不安そうに聞いてくる。

「何よ!?　危険なの!?」

「……いや」

確かに異変はあるが、危険ではなさそうだ。

マルリアの手元を覗き込みながら聞く。

「加工できそうな気配はないのか？」

「あったらそう言うわよ」

だよな。ならまずは、違和感の正体を探るのが先だ。

俺はスペシャルマッシュルームの表面に魔力を向ける。

【名　前】硬《こう》化《か》線《せん》
【補　足】外敵から身を守る器官。これが断ち切られた瞬間に、全身を硬化させる。

鑑定結果と共に、複雑に入り組んだ網《あみ》目《め》状《じょう》の糸のようなものが見えるようになった。

それが、白いキノコの表面を覆っている。

硬化線か。これが違和感の正体で間違いないだろう。

「鑑定できたぞ。加工の取っ掛かりが掴めたかもしれない」

「へ……？」

口をポカンと開けたマルリアを横目に、魔力の粒をより細かくしてスペシャルマッシュルームの奥まで探る。

ハッキリとは見えないが、キノコの中心部にある何かを硬化線が守っている……？

観察する限り、硬化線の位置は十秒ごとに変わるみたいだ。

俺はひとまず硬化線について、マルリアに説明した。

「硬化線を避けて手早く本体を解体する——現状を見る限りだが、それが正しい加工法だと思うんだ」

硬化線が複雑に絡み合い、網目状になってはいるが、生産系のスキルレベルが高いマルリアなら、硬化線を避けて作業することが出来るはずだ。

「マルリア。表面にある糸に触れないように、キノコを切れたりしないか？」

「糸……？」

どうやら、それ以前の問題らしい。

マルリアは不思議そうに、白いキノコをまじまじと見詰める。

そして、首を横に振った。

「ダメね。糸なんて見えないわよ？」

「そうか」

糸が見えるのは、俺だけらしい。だとしたら、俺が加工してみるか？

ハッキリ言って、手先の器用さに自信はない。

だが、糸が見えるという優位性がある。

「マルリア。悪いんだけど、俺にやらせてもらえないか？」

「……そうね」

寂《さび》しそうな表情を見せたものの、マルリアはスペシャルマッシュルームを俺に渡してくれた。

しかし、俺がスペシャルマッシュルームに触れた瞬間——

「糸が消えた……？」

俺の呟きを聞いて、マルリアは眉を寄せる。

「どういうことよ？」

「……分からないな」

それを探るのが鑑定士の仕事なんだが、思わず職務を放棄しそうになる。

糸が見えた時と、今の違いはなんだ？

「俺が持ったから？　……いや、マルリアが手を離したからか？　もしかして、マルリアが触れていないとダメなのか？」

とりあえず試すしかない。そんな思いで、マルリアに再度キノコを渡す。

彼女の体が近付き、指先が触れる。

「また糸が現れた……」

俺はそう口にして、溜め息をつく。

理由は分からないが、相手は魔力を纏う特殊なキノコだ。

加工難易度星四つの特殊な加工素材。考えるな、感じろの精神で行くしかないのだろう。

今度はマルリアと二人で肩を並べ、スペシャルマッシュルームを平たい石に載せる。

マルリアがスペシャルマッシュルームを持った状態で、俺が加工する作戦だ。

今度こそ！　そう思いながら俺は愛用の短剣を持ち上げた。すると――

「また見えなくなったな……」

硬化線が、一瞬にして消え去った。

「もぉ、なんなのよ！　本当に面倒なキノコね！」

ムキーと声を荒らげながら、マルリアが地団駄《じだんだ》を踏む。

しかし、それも仕方がない。彼女が声を上げてくれなかったら、代わりに俺が騒いでいただろう。

そのくらい、フラストレーションが溜まる。

「無駄に疲れたわね」

「そうだな」

キノコとの悪戦苦闘を始めて十分。

手を替え品を替え、思いつく限りの方法を試してみたが、全てが空振り。

未だスペシャルマッシュルームは、一つも加工できていない。

「次はどうするのよ？」

「そうだな……」

ひとまず俺は、分かっている情報を紙に書き記す。

・マルリアが加工しようと思った時にだけ、硬化線が見える。
・俺が手を出そうとすると硬化線が見えなくなる。
・硬化線は十秒程度で移動する。

俺は胸の前で腕を組む。

俺が直接加工するわけにはいかない。

切る場所を言葉で説明するにしても、すぐに位置が変わってしまうのがネックだ。

「マルリアにも硬化線が見えれば、問題は解決するんだがな……」

思わずそう呟く俺に対し、マルリアは唇を尖らせる。

「分かってるわよ！　けど、規格外のあんたと一緒にしないでよね！」

「……すまん」

相手は加工難易度星四つの素材。

マルリアが言うには、独立して店を構えるような職人にしか扱えないほどの難易度らしく、下積み生活を五年から十年続けてようやく扱える代物なんだとか。

俺は改めて、スペシャルマッシュルームが入ったリュックを見詰めた。

「他のキノコからは、何も感じないんだよな？」

「そうね。これ一つからしか、不思議な感じがしないわ」

「んー……」

俺は顎に手を当て、スペシャルマッシュルームを鑑定しながら考える。

鑑定結果に個体差がある部分は、価格くらいか。

マルリアの手元にあるものの評価額が一番高いのな。

確証はないが、そこに違いがあるのだろう。

形や大きさ、白さなどと価格は比例していない。

俺の目には見えない違いが価格に表れているとすれば——

「個体によって加工のしやすさに差があるか？」

そう考えると、色々と納得もいく。

「今のマルリアは、一番加工しやすいスペシャルマッシュルームの硬化線なら感じ取れる。そういう話なのかもしれない」

「あり得るわね」

だとすれば、失敗を前提に値段の安いものから捌かせて、マルリアのレベルが上がることを祈るのがベストか。もしくは――

「この辺りで採れる素材で、ギリギリ加工できる難易度のものって何かないか？」

「なくはないけど。それを加工して、私の技術レベルを上げようってこと？」

俺は頷く。

加工できるものを使えば、マルリアがものを無駄にした罪悪感に苛《さいな》まれることはない。

魔物の素材を採取しに行く際に、リリたちの能力も育てることができるから、一石二鳥だろう。

そう思っての提案だったのだが、マルリアは首を横に振る。

「普通に無理よ。素材を何個見つけて、どれだけ加工させるつもりなのよ？　最短でも五年分の経験を、そんな短時間で積めたら苦労しないわ」

「確かに、それもそうか」

高い素質と適切な素材があったところで、五年という数字の重みは相当だ。

だとしたら、現物を使って探っていくしかないという、最初の結論に立ち戻ることになる。

「成功を祈りながら試していくしかないか」

「……そう、ね」

マルリアには悪いと思うが、他に良い案も浮かばない。

そう思っていると、リリが嬉しそうに駆けてきた。

「アルト様！　お刺身の差し入れを持ってきました！　休憩にしませんか？」

リリが差し出した葉っぱの上にはスライムの刺身と、醤油《しょうゆ》が載っている。

「先に味見しちゃったんですが、すっごく美味しくて――」

そう語るリリの姿から、美味しさが伝わってくるようだ。

俺はマルリアの方を振り返りつつ言う。

「ちょっとだけ休憩するか」

行き詰まりを感じたまま突き進んでも、成果は得られない。

頭を空っぽにして、ゆっくりするのも大事か。

そう思いながらスライムの刺身を受け取ろうとした時、リリが小脇《こわき》に抱えた杖が指先に軽く触れる。

杖……そうか！

「行けるかも……リリ！　ちょっと手伝ってもらえるか!?」

「え……？　お刺身はどうされますか？」

「休憩より先に、試したいことができた！」

刺身と醤油をフィオランに預けに行ってから、戸惑うリリをマルリアの背後に立たせ、杖を構えてもらう。俺はリリの隣に立つ。

「杖の中心辺りを持ってくれ。で、そのまま杖の先をマルリアの背中に触れさせるんだ」

俺の言葉を聞いて、リリは、恐る恐る杖をマルリアの方へ伸ばす。

「えーっと、こう、ですか？」

「うん！　バッチリだ！」

杖の先がマルリアの背に触れる。

俺はそれを確認してから、杖の逆端を握った。

「どうだ？　スペシャルマッシュルームの表面を覆っている糸みたいなやつ、見えるか？」

「ええ。ハッキリ見えるわよ。こんなものが、あんたには見えていたのね」

「そうか。それは良かった」

俺が発想したのは、いつも聞かれたくない話をする時に使う、杖を介した会話の応用。

鑑定で読み取った感覚をリリの杖を通じて、マルリアに伝えるという方法である。

どうやら、上手くいったらしい。これで硬化線を可視化するというハードルはクリアした。

あとは、マルリアに任せるだけだ。

「できそうか？」

「最善を尽くすわ」

そう口にするマルリアの目に、自信が宿っているように見える。

数分前とは別人だな。

すると、リリが言う。

「マルリアさん！　付与魔法をかけた方がいいですよね？」

「そうね。お願いできる？」

「もちろんです！　〈ラックアップ〉を起動します！」

軽く目を閉じたリリの口は、聞き慣れない魔法名を紡ぐ。

ラックアップ……つまり、幸運の値を上昇させるってことか？

俺はマルリアに鑑定の魔力を向ける。

【名　前】マルリア（15）
【状　態】幸運18（E）＋5

付与された数値は＋5。

〈スピードアップ〉や〈パワーアップ〉がステータス値を＋10することを考えると、それよりレベルは低いのだろうが、一朝一夕で身につけた魔法でないことは確かだ。

ずっと支援魔法の練習をしているのは知っていたが、幸運を付与する機会なんて、今までなかったよな？　何故そんな魔法を？

「いつの間に練習してたんだ？」

「えっと、マルリアさんにハリガネの加工が上手にできないって相談されて。加工には幸運の値も関わるって教本に書いてあったので、それからちょっとずつ――」

そんなリリの言葉をぶった切るように、マルリアが大声を上げる。

「ちょっと、リリ！　それは言わない約束でしょ⁉」

「わっ！　そうでした！　ごめんなさい！　えっと、えっと……アルト様！　今のは聞かなかったことに！」

「あー、うん。了解」

顔を背けたマルリアの首筋は真っ赤だ。

そのままぶつぶつと呟く。

（アルトにバレたら、意味ないじゃない。まったく、おっちょこちょいなんだから）

――まぁ、なんにせよ。

俺に隠れて、二人で頑張っていたのなら、素晴らしいことだ。

「そっ、そんなことはどうでもいいでしょ⁉　加工を始めるわよ！　いいわよね⁉」

「あー、うん。もちろん。だけど、大丈夫なのか？」

「なっ、何がよ⁉　もちろん大丈夫に決まってるじゃない！」

いや、顔は真っ赤だし、動揺しまくっているように見えるんだが？

本人が大丈夫って言うのなら、それを信じるけどさ。

「マルリアが一番いいと思うタイミングで始めていいよ。俺たちのことは気にしなくていい」

「……分かったわ。失敗しても怒らないでよ？」

「ダメで元々。それは分かっているよ」

「ならいいわ。無料で拾ったキノコだものね」

自分に言い聞かせるように呟いてから、マルリアは加工用のナイフを握り締めた。

落ち着きさえすれば、マルリアは加工を成功させられるはずだ。

そんな確信にも似た思いを胸に、俺はマルリアの手元に視線を送り続ける。

マルリアが加工用のナイフを持ち上げて、ゆっくりと振り下ろす。

先端がスペシャルマッシュルームの傘の端に触れる。

「……切れた」

スペシャルマッシュルームは白いまま。どこも変色していない。

【名　前】マルリア（15）
【技　術】加工技師 3／10

今の一振りだけで、加工技師のレベルが上がったようだ。

さすが、Aランクの素質を持つだけのことはある。

いや、それだけではないか。

スペシャルマッシュルームの加工難易度は、星四つ。

それだけに、加工を成功させた時に得られる経験値も高いのだろう。

そう考えると、ほんの一工程を成功させただけでレベルが上がっても不思議じゃない。

「どうやら、この方針で進めていけば問題なさそうだな」

「そうね……」

信じられないものでも見るような視線を手元のキノコに向けていたマルリアが、ナイフを手放してほっと肩の力を抜く。額の汗をハンカチで拭いながら俺に向かって、苦笑を浮かべた。

「なんにも気付いてないみたいだから、一応言っておくわ。この糸を見る力。職人の技術とは、別物だと思うわよ？」

「そうなのか？」

「だって、こんなにハッキリ見えるなら『職人のカン』なんて言わないでしょ？」

確かに、その通りだ。

生産スキルの習熟度が上がって、硬化線が見えるようになるとするのなら、『網目状になっている糸を避けて切る』って表現すればいいだけだもんな。

「つまりは、あれよ。目に関しては、あんたの方が職人の何倍も上。常識外れ——いつものやつね。

そのおかげで、加工の難易度は大きく下がったわよ。あんたの目、ありがたく借りるわね？」

硬化線を視覚的に捉えずともカンで加工をやってのける職人と、鑑定魔法のどちらがすごいかは一考の余地がある気もするが、今はそれを言っても仕方ない。

何より、今この場で俺の目が有用なのは、紛れもない事実だからな。

「どうぞ、お使いください」

「ありがと。あんたの力には、いつも振り回されて、ウンザリしてたんだから。今日くらいは、使い倒してあげるわよ」

マルリアはそう言うと無邪気な笑みを浮かべ、ワクワクとした様子でナイフを握る。

そしてその切っ先をスペシャルマッシュルームに向け、呟く。

（本当に無茶苦茶な上司よね。今は無理だけど、絶対に自分だけの力で加工できるようになってやるわ）

大きく息を吸い込み、ゆっくりと呼吸を整えてから、マルリアは硬化線の合間を縫うようにナイフを動かしていく。

そうしてスペシャルマッシュルームの表面を削り始めて数分。

「これで、終わり……？」

そんなマルリアの言葉が、木々のざわめきに溶け込む。

呆然とする彼女の手元には、サイコロ状になったスペシャルマッシュルームが置かれている。

あれだけあった硬化線が、今はどこにも見当たらない。それに――

「見た目が大きく変わったな」

サイコロの表面が、最初とは比べものにならないくらい艶《つや》を帯びている。

リリはそれを見ながら頬に手を当てて、無邪気に笑う。

「できちゃいましたね！　すごいです！　まさか成功するなんて！」

そんなリリの言葉に、マルリアはわざとらしく頬を膨らませながら、両手を腰に当てた。

「何よ？　『まさか成功するなんて』って、私の技術を信じてなかったってこと？」

「いっ、いえ！　えっと……その……」

おろおろとするリリを見て、マルリアは噴き出す。

「うそうそ、冗談よ。私もできると思ってなかったんだから」

【名　前】スペシャルマッシュルームの万能素材
【製作者】マルリア
【ランク】B
【価　格】26万8千エン
【補　足】道具を製作する際の基礎となる素材。最上級の仕上がり。

念のためにってことで鑑定してみたが、万能素材か。

価格は四倍にまで上がっていて、『最上級の仕上がり』なんて言葉もある。

成功したのは、間違いないだろう。だけど……

「杖じゃないんだな」

俺の呟きに、マルリアが首を傾げる。

「ん？　どういうことよ？」

「このサイコロを鑑定したんだが、杖じゃなくて万能素材みたいだぞ？」

鑑定結果を読む限り、さらなる加工が必要だってことだろう。

これを作るだけでも、かなり苦労して加工した気がするし、気の遠くなる話だ。

そう思っていると、マルリアがクスリと笑った。

「大丈夫よ。ここから先は簡単だから、安心して見ていなさい」

マルリアは万能素材を両手で持ち、手のひらで包み込む。

両手の人差し指と親指で、万能素材の対角を引っ張る。

万能素材は、まるでこれまで圧縮していたものを開放したかのように何倍にも膨らんだ。

「うお！」

「わわっ！」

俺とリリは思わず声を上げる。

一瞬でマルリアの上半身よりも大きくなり、俺とリリからは、マルリアの足と指しか見えていない。

「どぉ？　驚いたでしょ？」

マルリアの言葉に、俺とリリは素直に感嘆する。

「あぁ」

「すっごいですね！」

すると、サイコロは急激に縮み始め、マルリアの指先に載るくらいの大きさになった。

それを横に伸ばして、縦に伸ばして。

マルリアは楽しそうに言う。

「形を整えるだけなら、指先で思うがままよ！」

なんて言いながらマルリアは万能素材を杖の形に成形した。

さらに何回か両手でぎゅっぎゅと固めるように白い杖を握り、堂々と掲げて見せた。

「ひとまず完成！　あとは、仕上げだけね。精製術を使うから、ここでは無理だけど」

精製術を使うということは、〈魔法の大釜〉を使う必要があるからな。

そう考えていると、顔を赤く染めたマルリアが、ぷいっと背を向け、俺の腹に白い杖を押し当てる。

「これは邪魔だから、あんたが持ってなさい。訓練校に帰ったら、もっとすごくするんだから、期待していなさいよね！」

　俺は受け取った杖を鑑定する。

【名　前】スペシャルマッシュルームの杖
【製作者】マルリア
【ランク】B
【価　格】39万8千エン

　しっかりいい杖になっている。

　これならリリの杖を使った時より、さらに鑑定を上手く使えるんじゃないか？

　そんなことを思いながら慎重に魔力を杖に注ぎ、鑑定を発動する。

——背筋が凍《こお》るような感覚が、俺の体を駆け抜けた。

　俺は慌てて、奇妙な気配がする方向に魔力の霧を広げる。

「ちょっと？　どうしたのよ？」

「アルト様？」

　不思議そうに首を傾げるマルリアとリリの言葉に答える余裕など、あるはずもない。

　脳内に流れ込んでくるのは、二本足で動く何者かの影。

(近くに人間がいる)

「!!」

俺が声を潜めつつ告げると、二人は目を見開いた。

そいつは素材を探している様子もなく、魔物を狩る素振《そぶ》りもない。

俺たちから少しだけ離れた場所で、身を隠している。

(これまで何度もその方向に魔力を向けていたはずなのに、感知できなかった。やはり相手は鑑定魔法をすり抜ける何かを身に纏っていたのか)

それはつまり、蛇や異形の関係者である可能性が高いことを表している。

問題なのは、新しい杖を使ってもなお、そいつの名前すら鑑定できないことだが——

(近付きさえすれば、深い鑑定ができると思う)

危険もあるが、敵は一人。今は少しでも情報が欲しい。

だが、俺が単独で動くと、敵を警戒させる恐れがある。

俺は一瞬だけ悩んだ後に、部下を巻き込む決心をした。

(マルリア、悪いんだが一緒に来てくれるか?)

(もちろんよ。任せておきなさい)

これまでずっと後手後手に回り続けてきた相手だ。

現状を変えるなら、危険を顧《かえり》みず、懐へ飛び込む必要がある。

（アルト様、私も――）

リリもそう言ってくれるが、俺は首を横に振る。

（人数が増えると逃げられる可能性がある。リリにはこのままスライムやタスク・ドッグの調理に戻ってほしい）

それに、リリでなくマルリアを選んだのにも理由がある。

森の中で戦闘になれば、小回りが利く武器の方が有利だ。

俺たちは短剣とナイフ。リリは大きな得物《えもの》を使っていることを考えると、マルリアを連れていくのがベストだ。

それをリリも理解しているのだろう。

（……分かりました）

そう言葉にしながら、リリは寂しそうに目を伏せた。

俺はそんな彼女の頭を優しく撫でる。

ナイフをベルトに差したマルリアと視線を合わせて、頷いた。

「もぉー！　あんたのせいで、キノコを一本無駄にしたじゃない！」

言いながら、マルリアが地団駄を踏む。

それから俺の背後に回り込み、ぐいぐいと背中を押した。

「新しいものを採りに行くわよ！　次は、ぜーったいに成功してやるんだから！」

やっぱりこの子は、頭の回転が速い。

杖の加工が成功したこと——鑑定の力が底上げされたことを万が一にも知られてはいけないと、マルリアは一瞬で悟り、ひと芝居打ってくれているのだ。

敵との距離は遠く、声を聞かれている可能性は低いが、警戒するに越したことはない。

俺は素直に、背中を押されながら歩く。

「ちょっと待てって、あれは無駄じゃないからな？　経験を積むためだって言ったろ？　それに、まだ大量にあるぞ」

「あんなダメキノコ、何個あっても一緒よ！　持った時の感覚が全然違うじゃない！」

「感覚ねぇ。新しいキノコを探すのはいいが、魔力を大量に使うから、結構疲れるんだぞ？」

「知らないわよ！　さっさと探しなさいよね！」

「はぁ……分かったよ……」

俺は鑑定魔法を使うフリをして、ターゲットから少し外した方角を指差した。

「一番近いキノコは、こっちにあるな」

「分かったわ！　私の中にある芸術が消える前に、早く行くわよ！」

「芸術、ねぇ……」

溜め息混じりに肩をすくめてから、駆け出したマルリアのあとを追いかける。

怪しい気配には直接向かわず、蛇行《だこう》しながら、ゆっくりと敵との距離を詰める。

「それで？　スペシャルマッシュルームは、どの辺りなの？」

「このまま直進だな。だけど、もう少し先だぞ？　急いでも疲れるだけだからな？」

普段通りの声音を意識しながら、慎重に歩く。

そして二分ほど経っただろうか、大分敵との距離が近付いたタイミングで、白い杖に魔力を注ぎ、怪しい気配に叩き込む。

【名　前】サーラ（15歳）

「――っ!!」

思わず、足が止まる。

サーラ……サーラ！

訓練校首席で、マルリアがライバル視していた彼女の名前が、何故ここで出てくる!?

俺は慌てて平然を装い、コケむした地面に視線を落とす。

「ここだな。ここを掘ればキノコが出てくるぞ？」

「そう。分かったわ。私も手伝ってあげるから、さっさと掘りなさいよ？」

「俺が掘るのか？」

「当たり前じゃない！　あんたのミスで、高級キノコがダメになったのよ？　自分のミスは、自分で取り返しなさいよね！」

「へいへい」

「はぁ……」と溜め息をつきながら、小さなスコップを地面に突き立てる。

敵に緊張が伝わらないように。それでいて、何が起きても動けるような姿勢で。

向かい合って膝を曲げたマルリアも、さり気なくナイフの位置を確かめていて、戦闘に備えているようだ。

（敵の情報を掴んだ——そう思っていいのよね？）

マルリアが顔を寄せて囁いてくるので、俺は頷く。

（あぁ。一応、な……）

（一応？　何よ、歯切れが悪いわね）

マルリアが俺のスコップを掴み、奪い取るように体を寄せる。

（それで？　何が分かったのよ？）

（……）

俺は言葉に詰まる。

正直に伝えていいのか？　そんな思いが頭をよぎった。

サーラはマルリアと浅からぬ関わりがある。そんな彼女が犯人だと伝えて、マルリアが動揺してしまうのではないだろうか。

だが――と俺は首を横に振る。
このまま伝えない方がまずい、か。
マルリアが敵と対峙し、相手の正体を知れば、間違いなく隙を作ってしまう。
一瞬のミスが致命傷になるのが戦場だ。
残酷な事実だとしても、伝えた方がいい。
そう判断した俺は、ゆっくりと口を開いた。
（敵の年齢は十五歳。名前はサーラ）
「……嘘でしょ。それって――」
目を見開き、声を潜めるのも忘れたマルリアの手を慌てて掴む。
鋭い視線を彼女に向けて、首を横に振った。
（……ごめんなさい。取り乱したわ）
（いや、気持ちは分かる）
俺も信じられない気持ちの方が強い。
鑑定結果が間違っていてほしいなんて思ったのは、初めてだ。
彼女は俺たちと同じ、訓練校の一年。
俺の噂が訓練校を中心に広がったことを考えても、彼女が犯人なら矛盾はない。
（あの時は、無口で大人しい少女。そう見えたんだがな）

（そう、ね。施設でもずっとそうだったわ。マイロやリリとも、仲が良かった）

（……）

敵は、訓練校の内部にいる可能性が高い。そう聞かされてはいたが、予想以上に近くにいたというわけだ。

もし今の状態で戦闘になった場合、リリたちは刃を振るえるだろうか。

そう考えると、このままこの場に留まるのは危険だな。

（昼食を早めに終わらせて訓練校に戻り、教官に協力を要請する。それでいいな？）

（そうね。異論はないわ）

そして数秒黙ってから、マルリアは俺の目をまっすぐに見上げて、意を決したように言う。

（敵がサーラだってことを、マイロとリリにも伝えるわ。いいわね？）

フィオランは一度任務で一緒になっただけだからさほど問題はないだろうが、マイロくんとリリは施設の頃からの付き合いだ。

（いや、それは……）

スコップを握る手に力を込めたマルリアが、静かに首を横に振る。

そして俺から視線を外し、木々の切れ間に見える空を見上げた。

（笑顔を守るために武器を取れ。敵が知り合いなら、普段よりも力を入れろ。それが兵士としての正しい姿だ——そう教えられたわ。あなたが思うほど、みんな弱くない。私に任せて）

土で汚れた膝を軽く払い、マルリアは立ち上がる。

「さあ！　今すぐ帰って、可愛い杖を作るわよ！」

俺はそう口にしたマルリアを見上げる。

そこには、一目で演技だと――虚勢だと分かる笑みが張り付いていた。

☆★☆★☆

訓練校の端にある、俺たちの仕事部屋の遮音結界の中。

そこで俺は、ルルベール教官と向かい合って座っていた。

目の前には山積みのスペシャルマッシュルームが並び、教官が悩ましげに眉をひそめている。

「本来であれば、これだけでも大騒ぎなんじゃがな」

「そうらしいですね。リリたちにも散々言われましたよ」

「じゃろうな」

年に数本しか見つからない素材を大量に見つけた。その見つけ方も斬新で、かつマルリアが加工を成功させている。

その事実を世間に公表すべきか、隠すべきかを相談したい――そういう名目で、教官に来てもらっていた。

当初スペシャルマッシュルームは三本だけ持ち帰る予定だったが、相談の名目にするために、大量に持ち帰った形だ。

「サーラ訓練生が敵である可能性が高い、か……おぬしを疑うわけではないが、確証はあるんじゃな？」

スペシャルマッシュルームから俺に視線を移したルルベール教官の声音は、暗く沈んでいる。

重苦しい空気の中で、俺も静かに口を開いた。

「少なくとも、彼女が俺たちを監視していたのは、間違いないですね」

森からの帰り道でも、サーラはずっと、俺たちの後ろにいた。

「今も監視されておるのか？」

「いえ。サーラ訓練生を含め、周囲に敵の気配はありません」

「ふむ……」

森の中の移動で疲れたのか、鑑定を防ぐ技の反動なのか、サーラは自室のベッドで眠っているようだった。

その状態で俺たちを監視しているとは、さすがに言えないだろう。

ちなみにだが、リリたちは隣の部屋で、〈魔法の大釜〉の試運転中である。

「おぬしはどう見る？」

ルルベール教官の質問に、俺は一瞬だけ考えてから口を開く。

「ネズミはサーラしかいないと見るべきかと」

監視対象である俺が教官と密会しているというのに、それを捨て置くのは不自然だ。

サーラ以外にネズミがいるのだとしたら、交代でそいつが見に来るはずだが、その反応はない。

「そうじゃな。儂もそう思うわい。これでも帝国随一と言われる警戒網を敷いておるからの。交代要員は送れなかったんじゃろう。それにしても、施設からの叩き上げがネズミだったというのは、さすがに想定外じゃな」

「えぇ。リリたちも同じようなことを言っていました」

訓練校に敵が潜入したと聞いて、真っ先に疑うべきは、雇われの兵士や教諭。

次が、外部受験の生徒だろう。

幼い頃から訓練校と縁《ゆかり》のある人物がスパイをしているなどとは、夢にも思うまい。

「サーラとは幼い頃から同じ施設で暮らし、家族同然に育った。リリ達は、そう言っていました」

「……そうじゃな」

出会った時の年齢なんて覚えていない。それほど、幼い頃からの付き合い。

施設では、訓練の成績によって褒美が与えられる。

毎日、彼女たちは上位報酬であるクッキーやカツカレーを巡って、一緒に走っていた。

リリたちの胸中では、予想外なんて言葉じゃ足りない感情が渦巻《うずま》いているはずだ。

「それでも彼女たちは、解決のためならなんでもしますと口にしています」

マルリアの言葉通り、みんなは俺が思っているほど弱くなかった。

ただ、現状でできるのは、バレないように探りを入れる程度。

それはルルベール教官も分かっていて、だから彼は低い声で言う。

「サーラ訓練生を呼び出して白状させるだけの証拠はない。そうじゃな？」

「はい。彼女がネズミであることの根拠は俺の鑑定結果しかありません」

追い詰めるための証拠どころか、その姿を見た者すらいない。

すぐに動き出して、こちらから仕掛けるのは無理だ。

仮に、サーラを呼び出し、教官に問い詰めてもらったとする。

それでも『森に迷い込んだが、勇気が出ずに話しかけられなかった。だけど、みんなを追いかければ、訓練校に帰れると思った』なんて言い訳をされるだけで、簡単に逃げられるのが関の山だろう。

なんならよりいっそう警戒され、背後にいる組織の調査が困難になる恐れがある。

俺が今後の手段を模索する中で、ルルベール教官は更に声音を沈ませた。

「サーラ訓練生の鑑定結果に、〈蛇の末裔〉の文字は？」

その名前が出てくるってことは、教官も俺と同様に邪神との関わりを疑っているということか。

教官に倣《なら》って顔を近付け、俺は首を横に振った。

「ありませんでした。どころか、〈邪神〉の文字すら、見当たりませんでした」

俺は改めて、サーラを鑑定する。

【名　前】サーラ（15歳）
【技　術】剣術：14／15
【素　質】剣技：S

出てきた情報は、これだけ。

ルルベール教官と会話をしながら何回も鑑定をしているのだが、化物を召喚したヤツらのステータス欄に載っていたような不穏な単語が見当たらない。

「何より、俺の鑑定を防げるような技術や素質が、鑑定結果に記載されていないんですよね」

それが一番の懸念点だ。

もしそういった能力を持っていないのならば、最初に街で鑑定を行った時になぜ魔力がすり抜けたのか、という疑問が残ってしまう。

教官は顎に手を当て、考え込むように虚空を見上げる。

「鑑定を防いだのは彼女自身の力ではない。そういうことか？」

「もしくは、なんらかの手立てによってその技術が隠されているか、ですね」

そもそも高い技術を持つ人ほど、鑑定し難い傾向にあるからな。

ルルベール教官は、ひとしきり考えたあとに、膝を叩く。

「ひとまず状況は理解したわい。サーラ訓練生が持つ敵の情報を得るために、こちらが積極的に動くべき。そうじゃな？」

「えぇ。情報収集もできる囮が、ここにいますから」

そう言って、俺は小さく笑って見せた。

魔物が出る森の中でも尾行してくるとするなら、大抵の場所には付いてくるだろう。

接触するにしても、罠にはめるにしても、俺が動くべき。

もっとも、前回の警邏の授業の際に何も仕掛けてこなかったことを考えると、相手には仕掛ける意思がない可能性もある。まずはその点を探るべきだろう。

そう思っていると、教官が再び山盛りのキノコに目を向けた。

「合同訓練の開催予定は、二週間後か」

そう呟いて大きく息を吸い込み、窓の外を見詰める。

「アルト准尉。おぬしに新たな任務を頼みたい。決行は二週間後。それまでに、できる限りの準備を整えてほしい」

「承知しました」

俺は何も聞かないまま、深く頭を下げた。

エピローグ　囮の準備

狩りの日から、二週間が過ぎた。

俺は第二訓練場の真ん中で、赤い髪の少女を前に微笑んでいた。

「サーラ、久し振りだな。数日だけど、部下共々、よろしく頼むよ！」

「ん……こちらこそ」

差し出した俺の手に、サーラの小さな手が触れ、思わず喉が鳴る。

目の前にいるのは、俺を監視していた少女。

剣技の素質はSランクで、技術レベルは14。

俺なんかじゃ抵抗する間もなく殺される相手である。

そう思ったのがいけなかったのだろう。

「目が泳いでる。わたし、何かした……？」

手を離してから、サーラがコテリと首を傾げた。

今日は、俺を囮にした作戦の決行日。作戦の開始まで一時間以上ある。

こんなところでバレるわけにはいかない。

「いや、合同訓練に参加するのが初めてだから、緊張しているだけだよ」

「……そう」

我ながら苦しい言い訳だと思うが、どうやら追及は免れたらしい。

ほっと気を抜きそうになるが、俺は背筋を伸ばして周囲に目を向けた。

俺の背後にはリリたちがいて、同じ制服を着た訓練生の姿が至るところにある。

その数、百人以上。

すごい人数だ……なんて思っていると、拡声器を手にしたルルベール教官が教壇に上り、声を張り上げる。

「合同訓練の開始は、一二《ひとふた》・〇〇《まるまる》じゃ。質問がある者は、儂か二年担当のガルゼ教官に申し出よ。二年生の質問は受け付けん！　おぬしらは自力で考えよ！」

生徒たちは、それぞれが五から十人の班に分かれて座り、話し合いを行っている。

『毎年二回、新入生の実地訓練を兼ねて、森の大掃除をする二年生との合同授業がある。儂の権限を使い、おぬしたちとサーラを一つの班にするつもりじゃ』とルルベール教官に言われた。やることは、森に泊まり込んでの狩りだ。

この合同訓練の中でできるだけ隙を見せ、敵の情報を引き出す、というのが今回の作戦。

その中で何かあれば、モチヅキ隊長やその部下、ルルベール教官が飛んでくる手筈《てはず》になっている。

二年を護衛代わりに使い、一年に魔物との戦闘を経験させる。それが目的の授業だが、相応の実力があれば、一年だけで班を組むこともあるらしい。

俺は訓練生の中で唯一の准尉で、サーラは近接戦闘の最優秀者。

『この二人を組ませてみたら面白いんじゃないか？』なんて意見が上層部の間で前から上がっていたと教官が話してくれた。

以前警邏隊の授業でサーラと一緒になったのも、その声があったから。

そんな風に今日の任務について振り返っていると、ルルベール教官の話は締めに入っていた。

「無理は禁物じゃ。みなが生き残り、怪我をせぬように努めよ」

俺はそのタイミングで、サーラやリリ達に目を向けた。

「まずはこのチームのリーダーを決めようと思う……一応准尉だから、俺がリーダーをやるって形でもいいか？　サーラの指揮権も俺が持ちたいって思っているんだけど」

「ん。問題ない」

一瞬のためらいもなく、サーラは簡単に答えてくれた。

指揮権を握られると動きにくくなるのは確実だろうから、異を唱えるかと思ったが、そんなこともなかったな。

従っていると思わせて背後から刺すという作戦もあり得るから、油断できないところだが……

そう思いながら、俺は背後にいるリリたちに視線を向ける。

「ってことで、俺が仮のリーダーになった。俺以外の優劣はないものとする。それでいいな？」

「はい！」

「はいはーい！」

「分かりました！」

リリ、フィオラン、マイロくんはそう返事した。

だがリリとマイロくんは、どうにも表情が硬い。

その点、マルリアはさすがの一言だ。

「そうね。初めは同列でもいいわよ？　でも！　一番活躍して、最優秀賞を貰うのは私なんだからね！」

「……ん。サーラは二番でいい」

「何よ。相変わらず張り合いがないわね！　それでも私のライバルなの!?」

落ち着いているように見えるが、きっとマルリアもかなりの無理をしているのだろう。

気を配ってあげなければ。

そう思っていると、拡声器を通したルルベール教官の声が聞こえる。

「各班の隊長に告げる。隊長は、儂のところまで物資を取りに来るように。以上じゃ」

周囲に生徒が多数いる現状で、サーラがリリたちに襲い掛かることはないだろう。

俺は改めて、全員の姿を見渡した。

「ちょっと行ってくるよ。この場は、マルリアに任せる」

「はぁ!?　どうして私が!?」

「隊長命令。よろしくな」

そんな俺の言葉に、マルリアは溜め息をつく。

「分かったわよ。その代わり、この埋め合わせはキッチリしてもらうから！　いいわね!?」

「ああ。俺ができることならな」

敵だと分かっているサーラを前に、このやり取りができるのは本当にすごいと思う。

負担をかけてしまうのは申し訳ないが、みんなの動揺が収まるまでは、マルリアに場を繋いでもらうしかない。

そう思いながら、俺は教官の元に駆けていった。

「第十八班、アルト・スネリアナです」

仁王立ちをするルルベール教官の前に立ち、握り拳を胸に当てる。

眉をひそめた教官が、手元の紙に視線を落とした。

「十八……ひよっこだけの六人班じゃな？　おぬしらの荷物は、こっちじゃ」

そう言って連れていかれたのは、大きなリュックが並ぶ場所。その最奥に、『十八班』と書かれた札と軍用のリュックが載ったテーブルがあった。

テーブルの前に立ち、ルルベール教官が振り返る。

「引き渡しのためのチェックを始める。よいな？」

「えぇ。もちろんです」

「うむ」

そんな言葉と共に教官が留め具を外しつつ、さり気なくサーラの名前に指先を向けた。

俺は荷物のチェックリストを埋めつつ、周囲に聞こえないくらいの声量で囁く。

（怪しい気配はありませんね。盗聴の心配もないと思います）

（うむ。儂も同意見じゃ。対象に動きはないか？）

（ええ、今のところは。素直にリーダーを譲ってくれました）

（分かった。引き続き、警戒を頼む）

そう呟いてから、ルルベール教官は通信用の魔道具を握った。

魔道具を口元に近付けて、正規兵が集まるテントに視線を向ける。

「ルルベールより本部へ。通信機のテストを行う。ついでに異常の探知も頼めるかの？　どうぞ」

『作戦本部、了解。音声良好、通信状況に異常なし。どうぞ』

「了解したわい。以上じゃ」

俺はそう言うルルベール教官から、魔道具を受け取った。

ルルベール教官は、再度声を潜める。

（再三になるが、サーラ訓練生の言動を注視するように。特に夜間は細心の注意が必要じゃ。言うまでもないじゃろうが、サーラ訓練生と二人きりになるでないぞ？）

（えぇ。分かっています）

俺は大きく息を吸い込み、ゆっくりと吐き出す。

チラリと背後を見ると、フィオランが、サーラを背後から抱き締めていた。

自称お姉さんは、お姉さんを発動中。

確か以前一緒に任務に当たった際もああして抱き締めていたな。

敵だと分かっているのにそう振る舞えるフィオランも、本当にすごいなと感心する。

リリもマイロくんも、普通に笑っている。

ルルベール教官が、目を閉じて肩を落とした。

（大事《おおごと》になる前に、捕らえたいところじゃな）

（えぇ）

――みんなが、傷付く前に。

そう思いながら、俺は再度物質のリストに目を落とす。

食材の欄に差し掛かり、思わず目を伏せる。

昼はカレーを作り、夜は調達した肉でバーベキュー。

本来であれば、楽しい授業になる予定だったのだろう。

張りつめた空気を押し出すように、俺はチェックリストを握り締めた。

（向こうが仕掛けてこなくても、夜のバーベキューまでには、必ず何かを見つけてみせます）

（……うむ）

教官が軽く目を閉じて、上着のずれを整える。

俺の左手に目を向けた教官が、シルバーのブレスレットに視線を注いだ。

（それが言っておった杖かの？）

（えぇ。マルリアは納得していないみたいですが『一応、形にはなったわね』と言っていました）

戦闘中にナイフと杖を持ち替える時間はない。

どうにかできないかと相談したところ、マルリアが試行錯誤してこのような形に落ち着いた。

（杖の形でなくとも、効力は申し分ないのか？）

（杖より効力は少しだけ落ちます。ですが、ずいぶんと頑張ってくれました）

少なくとも、並の杖の数倍は能力を底上げしてくれる。今回は能力を知られているサーラが相手だからあまり意味はないが、魔法使いだと悟られないのも利点だ。

俺は最後のチェックボックスにレ点を書き込んで、リストをルルベール教官に渡す。

「全てのチェックが終わりました。問題ありません」

「うむ。それでは気を付けるんじゃぞ」

「はい」

「どうにかしてきます」と呟いて、俺は青空に映える軍部の森に目を向ける。

ざわめく木々が、まるで俺を誘うかのように揺れていた。

追放された神官、【神力】で虐げられた人々を救います!
女神いわく、祈る人が増えた分だけ万能になるそうです
著 Saida《サイダ》
万能な【神力】で、捨てられた街を理想郷に!?
俺だけに見える女神と＼マイペース／救済生活はじめます!
教会都市パルムの神学校を卒業した後、貴族の嫉妬で、街はずれの教会に追いやられてしまったアルフ。途方に暮れる彼の前に現れたのは、赴任先の教会にいたリアヌンという女神だった。アルフは神の声が聞こえるスキル「預言者」を使って、リアヌンと仲良くなると、祈りや善行の数だけ貯まる「神力」で様々なスキルを使えるようにしてもらい――お人好しな神官アルフと街外れの愉快な仲間との温かな教会ぐらしが始まる!
◎定価：1320円（10%税込）　◎ISBN 978-4-434-31920-4　◎illustration：かわすみ

●定価:1320円(10%税込) ●ISBN:978-4-434-32039-2 ●Illustration:藍飴

引退賢者は開拓生活《のんびり》をおくりたい
1・2
鈴木竜一
Suzuki Ryuuichi
理不尽な要求ばかり!
こんな地位にはうんざりなので
賢者、引退します。

引退賢者は開拓生活《のんびり》をおくりたい
引退賢者は開拓生活《のんびり》をおくりたい 2
鈴木竜一
華やかさの裏で陰謀うごめく——
妖しい夜会開催!?
コミカライズ企画進行中!

異世界で水の大精霊やってます。
湖に転移した俺の働かない辺境開拓
ISEKAI DE MIZU NO DAI SEIREI YATTE MASU
1·2
著 穂高稲穂
HODAKA INAHO
アルファポリス
第2回次世代
ファンタジーカップ
「ユニークキャラクター賞」
受賞作!!!!
居眠りしている間に人間卒業!?
全能の大精霊
になってしまいました
居眠りから目が覚めると、別の世界に転移していた高校生の冴島凪。辺りは見知らぬ湖——というより、彼は湖そのものになっていた!?　流れ込む知識を頼りに、自分が湖の大精霊に転生したことを理解したナギは、怪我や病で苦しむ者たちを治していく。そんなある日、ナギは願いの声に導かれて、ある少年のもとに召喚される。奴隷となっていた少年たちを救い出すと、その後も彼を慕ってどんどん仲間が増えていき……湖畔開拓ファンタジー、開幕!
◉各定価:1320円(10%税込)　◉illustration:つなかわ
異世界で水の大精霊やってます。
湖に転移した俺の働かない辺境開拓
2
著 穂高稲穂
大精霊の日々は
やっぱり
大忙し!!
「湖畔がにぎやかになりすぎてぐうたらする暇もないね」

追い出された万能職に新しい人生が始まりました
①～⑧
AUTHOR:
東堂大稀
第11回
アルファポリス
ファンタジー小説大賞
“大賞”
受賞作!
隠れた神業で
皆の役に立ちまくり!
1～8巻
好評発売中!
追い出された万能職に新しい人生が始まりました
東堂大稀
自分でも気付かない
隠れた神業で
皆の役に立ちまくり!
第11回
アルファポリス
ファンタジー小説大賞
“大賞”
受賞作!
『万能職』という名の雑用係をしていた冒険者ロア。常々無能扱いされていた彼は、所属パーティーの昇格に併せて追い出され、大好きな従魔とも引き離される。しかし、新たに雇われた先で錬金術師の才能を発揮し、人生を再スタート!　そんなある日、仕事で魔獣の森へ向かったロアは、そこで思わぬトラブルと遭遇することに――
◉各定価:1320円(10%税込)
◉Illustration:らむ屋
コミックシーモア主催
みんなが選ぶ!!
電子コミック大賞2021
男性部門賞受賞!
追い出された万能職に新しい人生が始まりました
原作 東堂大稀
漫画 宇崎鷹丸
1
勇者パーティから追放された見習いには
錬金術師の才能が眠っていました。
第11回アルファポリスファンタジー小説大賞 大賞 受賞作コミカライズ第1巻
コミックス1～6巻
好評発売中!
◉各定価:748円(10%税込)
◉漫画:宇崎鷹丸　B6判

作業厨から始まる異世界転生
Sagyochu kara hajimaru isekai tensei
～レベル上げ？それなら三百年程やりました～
不死身の半神《デミゴッド》なので、
目標Lv.10,000も
300年あれば余裕です！
yu-ki
ゆーき
作業厨、
異世界でも
レベル上げを極める!?
『作業厨』。それは、常人では理解できない膨大な時間をかけて、レベル上げや、装備の制作を行う人間のことを指す――ゲーム配信者界隈で『作業厨』と呼ばれていた、中山《なかやま》祐輔《ゆうすけ》。突然の死を迎えた彼が転生先として選んだ種族は、不老不死の半神《デミゴッド》。無限の時間とレインという新たな名を得た彼は、とりあえずレベルを10000まで上げてみることに。シルバーウルフの親子や剣術が好きすぎて剣そのものになったダンジョンマスターなど、個性豊かな仲間たちと出会いつつ、やっと目標を達成した時には、なんと三百年も経っていたのだった！
●定価：1320円（10%税込）　ISBN 978-4-434-31742-2　●illustration：ox

アンデッドに転生したので日陰から異世界を攻略します
Fukami Sei
深海 生
不死者だけど
楽しい異世界ライフを
送っていいですか？
社畜サラリーマン、転生したらゾンビになっちゃった!?
過労死からの不死議な冒険!?
社畜サラリーマン・影山人志（ジン）。過労が祟って倒れてしまった彼は、謎の声【チュートリアル】の導きに従って、異世界に転生する。目覚めると、そこは棺の中。なんと彼は、ゾンビに生まれ変わっていたのだ！　魔物の身では人間に敵視されてしまう。そう考えたジンは、（日が当たらない）理想の生活の場を求め、深き樹海へと旅立つ。だが、そこには恐るべき不死者の軍団が待ち受けていた！
◎各定価：1320円（10%税込）　◎ISBN 978-4-434-31741-5　◎illustration：木々 ゆうき
アンデッドに転生したので日陰から異世界を攻略します
Fukami Sei
深海 生
社畜サラリーマン、転生したらゾンビになっちゃった!?
過労死からの不死議な冒険!?
日陰限定ですが、異世界で好きに生きます！

著 水都 蓮
Minato Ren
トカゲ（本当は神竜）を召喚した聖獣使い、竜の背中で開拓ライフ
～無能と言われ追放されたので、空の上に建国します～
祖国を追い出された聖獣使い、
巨竜の背で自由に生きる!!
竜大陸から送る、
爽快天空ファンタジー！
聖獣を召喚するはずの儀式でちっちゃなトカゲを喚び出してしまった青年、レヴィン。激怒した王様に国を追放された彼がトカゲに導かれ出会ったのは、大陸を背負う超でっかい竜だった!? どうやらこのトカゲの正体は真っ白な神竜で、竜の背の大陸は彼女の祖国らしい。レヴィンは神竜の頼みですっかり荒れ果てた竜大陸を開拓し、神竜族の都を復興させることに。未知の魔導具で夢のマイホームを建てたり、キュートな聖獣たちに癒されたり——地上と空を自由に駆け、レヴィンの爽快天上ライフが始まる!
●定価：1320円（10%税込）　●ISBN978-4-434-31749-1　●Illustration：saraki
アルファポリス第2回次世代ファンタジーカップ「心燃えるアツい展開賞」受賞!　アルファポリス

この作品に対する皆様のご意見・ご感想をお待ちしております。

おハガキ・お手紙は以下の宛先にお送りください。

【宛先】

〒150-6008 東京都渋谷区恵比寿 4-20-3 恵比寿ガーデンプレイスタワー 8F
（株）アルファポリス　書籍感想係

メールフォームでのご意見・ご感想は右のＱＲコードから、
あるいは以下のワードで検索をかけてください。

アルファポリス　書籍の感想　検索

ご感想はこちらから

本書は Web サイト「アルファポリス」（https://www.alphapolis.co.jp/）に投稿されたものを、
改題・改稿、加筆のうえ、書籍化したものです。

実力主義《じつりょくしゅぎ》に拾《ひろ》われた鑑定士《かんていし》 4
奴隷扱《どれいあつか》いだった母国《ぼこく》を捨《す》てて、敵国《てきこく》の英雄《えいゆう》はじめました

薄味《うすあじ》メロン

2023年 5月31日初版発行

編集－若山大朗・今井太一・宮田可南子
編集長－太田鉄平
発行者－梶本雄介
発行所－株式会社アルファポリス
〒150-6008 東京都渋谷区恵比寿4-20-3 恵比寿ガーデンプレイスタワー8F
TEL 03-6277-1601（営業） 03-6277-1602（編集）
URL https://www.alphapolis.co.jp/
発売元－株式会社星雲社（共同出版社・流通責任出版社）
〒112-0005 東京都文京区水道1-3-30
TEL 03-3868-3275
装丁・本文イラスト－桶乃かもく
装丁デザイン－AFTERGLOW
印刷－中央精版印刷株式会社

価格はカバーに表示されてあります。

落丁乱丁の場合はアルファポリスまでご連絡ください。

送料は小社負担でお取り替えします。


ISBN978-4-434-32046-0 C0093